Knaur.

Knaur.

BAD BOYS *im Knaur Taschenbuch Verlag:*
Ein Macho zum Verlieben *von Nancy Warren*
Der Mann, der's kann *von Erin McCarthy*
Lass uns unvernünftig sein *von Lori Foster*
Heißes Verlangen *von Janelle Denison*
Verbotener Genuss *von Erin McCarthy*

Weitere Bände sind in Vorbereitung.

Über die Autorin:
Nancy Warren studierte Englische Literatur und arbeitete zunächst als Journalistin. Ihre wahre Leidenschaft hat sie jedoch beim Schreiben ihrer Bücher gefunden. Sie lebt mit ihrem Ehemann und zwei Kindern in Kanada. Aufgrund ihrer australischen Wurzeln hat sie eine enge Verbindung zu dem Land, in dem viele ihrer Romane spielen.

Nancy Warren

Das beste Mittel gegen Kopfschmerzen

Roman

Aus dem Englischen
von Christiane Meyer

Knaur Taschenbuch Verlag

Dieser Roman erschien erstmals 2004 unter dem Titel
Surfer Boy im Sammelband *Bad Boys Down Under*
bei Kensington Books, New York.

Deutsche Erstausgabe März 2009

Redaktion: Michael Meyer
Umschlaggestaltung: ZERO Werbeagentur, München
Umschlagabbildung: Jupiter Images
Satz: Adobe InDesign im Verlag
Druck und Bindung: Norhaven A/S
Printed in Denmark
ISBN 978-3-426-50244-0

2 4 5 3 1

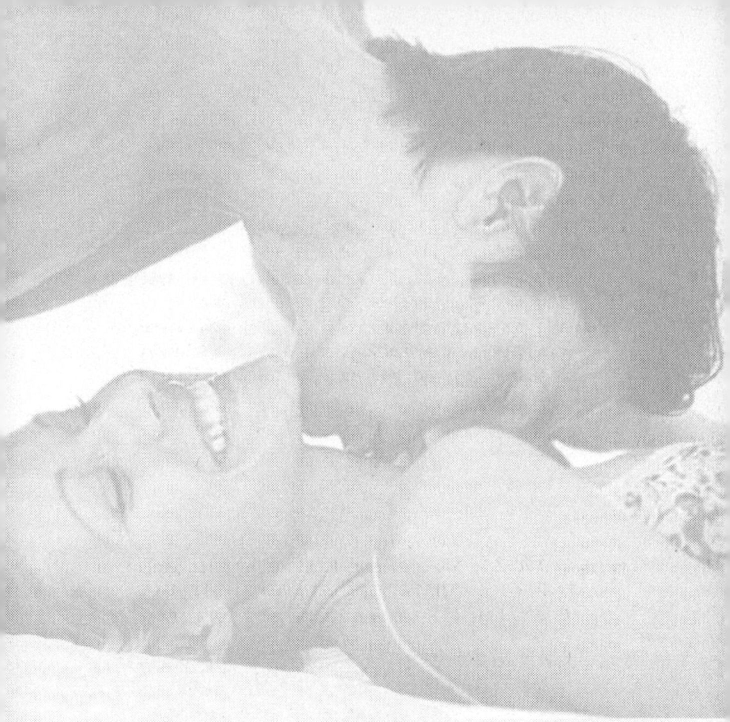

1. Kapitel

Lise Atwater griff sich an ihren schmerzenden Nacken und seufzte. Die verspannten Muskeln, die sie unter ihren Fingern spürte, waren hart wie Stahl. Bereits seit vier Tagen litt sie unter bohrenden Spannungskopfschmerzen, und es hatte nicht den Anschein, als würden sie demnächst nachlassen. Sogar ihr schulterlanges braunes Haar fühlte sich schwer an.

»Was ist los?«, fragte ihre Assistentin Sonia.

»Mein Haar fühlt sich schwer an.«

»Dann mach es leichter – versuch's mit blond, Schätzchen.«

Lise stöhnte. »Das ist so schlecht, dass ich …«

»Denk darüber nach. Hell dein Haar auf, und du hellst deine Stimmung auf! Wirf deine Lasten ab, werde locker und entspanne dich! Du bringst dich um. Sprich mir nach: Wir kümmern uns hier nicht um hungernde Kinder, heilen keinen Krebs und retten auch nicht die Umwelt. Wir verkaufen Produkte, die eigentlich niemand will, und überzeugen die Leute davon, dass sie sie trotzdem brauchen.«

»Glaubst du wirklich, dass du mir damit gerade hilfst?«

»Ich definiere meine Rolle eher als Stachel in deinem Fleisch, als ständige Mahnung sozusagen.

Kassandra, Paulus und Mutter Teresa in einem.«
Sonia war eine temperamentvolle Argentinierin mit einem entzückenden spanischen Akzent, dunklen feurigen Augen und einer Haut, die immer wie von der Sonne geküsst wirkte. Neben ihr fühlte sich Lise außergewöhnlich blass. Und angesichts Sonias sommerlich lässiger Kleider – die alle ihr beeindruckend aufreizendes Dekolleté betonten – kam sie sich noch kümmerlicher vor. Und vor allem flachbrüstiger.
An manchen Menschen sah selbst ein marineblaues Kostüm elegant und pfiffig aus, doch an Lise ließ auch das teuerste Kleidungsstück jeden Schick vermissen. Sie war sich nicht sicher, wie sie das anstellte. Teilweise lag es an ihren Schuhen. »Großmuttertreter« nannte Sonia sie. Aber in High Heels bekam sie nun einmal sofort Hühneraugen, und ihr war es schlichtweg wichtiger, dass Schuhe bequem waren und nicht unbedingt modisch.
»Wer ist denn dieser Adonis?«
Nur ein Blick auf die Fotos, die auf ihrem Schreibtisch ausgebreitet lagen, genügte, und Lise fühlte sich noch farbloser. Die Muskeln und Sehnen in ihrem Nacken ächzten unter der neuerlichen Anspannung. »Jennifer Talbot schickt ihn mir, um mit ihm zu arbeiten und ihn auf den Job vorzu-

bereiten. Sie sieht in ihm den Sprecher für *Crane Surf and Boogie Boards,* für die demnächst die Markteinführung in den Staaten erfolgen soll.«

»Hm. Sehr nett. Du solltest eigentlich Salsa auf deinem Schreibtisch tanzen und nicht deinen Kopf halten, als hättest du Schmerzen.«

Lise zog ihre Brille ab und fuhr sich müde über die Augen. Sie versuchte, sich zu entsinnen, wie lange es her war, dass sie die letzte Tablette genommen hatte. Doch sie konnte sich nicht erinnern und entschied, dass selbst eine Vergiftung durch Schmerzmittel den hämmernden Kopfschmerzen vorzuziehen war. Kurz entschlossen öffnete sie die Schreibtischschublade, um das Röhrchen mit den Pillen hervorzuholen. Dann kann ich auch gleich zwei Fliegen mit einer Klappe schlagen, dachte sie und spülte die Tablette mit einem guten Schluck Maaloxan hinunter, um ihren nervösen Magen zu beruhigen. Sie verzog das Gesicht und tupfte sich den Mund mit einem Papiertaschentuch ab. »Er ist der Falsche«, murmelte sie.

»Bist du verrückt? Nenn mir bitte nur eine Sache, die an diesem Mann verkehrt sein soll!«

Lise starrte auf die vier Hochglanzaufnahmen, die an ihrer Pinnwand hingen, und die restlichen Fotos, die über ihren Schreibtisch verstreut lagen, und nahm noch einen kräftigen Zug von ihrem säurebindenden Magenmittel. »Er ist einfach nicht der Richtige«, beharrte sie, unfähig zu erklären, was genau sie an ihm störte. »Es ist ein Bauchgefühl.«

»Bekommst du deshalb Magengeschwüre?«

»Magengeschwüre werden durch Bakterien hervorgerufen. Ich habe nur einen nervösen Magen.«

»Ich habe übrigens auch ein ganz besonderes ›Bauchgefühl‹, wenn ich ihn so ansehe. Und das ist ganz sicher kein Stress.«

»Sein Lächeln ist zu strahlend. Seine Schultern sind zu breit. Seine Augen sind zu groß. Sein Haar ist zu wellig. Er ist zu gut gebaut, seine Haut ist zu klar, seine Nase ist zu gerade.« Sie schnipste mit den Fingern, als sie begriff, was sie an ihm störte. »Er ist verdammt noch mal zu perfekt. Niemand wird uns abkaufen, dass er echt ist.«

Sonia schnappte sich eines der Fotos und hielt es zwischen den Fingern. »Er ist nicht perfekt«, sagte sie triumphierend. »Sieh dir das an. Genau da.« Mit einem ihrer kupferrot lackierten Nägel wies sie auf die linke Seite seines lächelnden Mundes.

Lise blinzelte angestrengt, bis ihr mit einem Mal auffiel, dass sie keine Brille trug. Sie schob sie sich auf die Nase und sah noch einmal hin. »Alles, was ich sehe, ist ein Grübchen.«

»Exakt. Und jetzt sieh dir die andere Seite seines Mundes an. Dort hat er keines. Nur *ein* Grübchen. Er ist also alles andere als perfekt.«

Lise betrachtete dieses umwerfende Gesicht – viel umwerfender, als gut für ihn selbst oder die Frauenwelt war – und wurde unruhig. »Ich verstehe es nicht«, stieß sie frustriert hervor. »Jen hat von allen Menschen, die ich kenne, den besten Instinkt, das beste Gespür. Sie hat nicht eine Sekunde gezögert, was diesen Kerl angeht. Wie konnte sie nur übersehen, dass er nicht der Richtige ist?«

»Was genau stimmt denn nicht mit ihm?«

»Alles. Das versuche ich dir doch schon die ganze Zeit klarzumachen. Die Leute kaufen keine Produkte von Menschen, die perfekt aussehen. Sie vertrauen ihnen nicht. Sie wollen den Rat der Nachbarin oder des Typs, der auch ihr Hausarzt sein könnte. Gut, schon von jemandem, den sie äußerlich ansprechend finden. Aber dieser Mann ... dieser Mann ist weit mehr als nur attraktiv. Er spielt in einer ganz anderen Liga. Und was das Schlimmste ist: Er ist nicht einmal Amerikaner. *Eventuell* – das würde unsere Glaubwürdigkeit allerdings schon aufs Äußerste strapazieren – könnten wir damit durchkommen, wenn wir einen unglaublich gutaussehenden Amerikaner nehmen, um das Produkt zu verkaufen. Aber mit diesem Kerl hier wäre es so, als sagten wir: Wenn ihr etwas Perfektes wollt, müsst ihr ans andere Ende der Welt fahren – man muss schon Glück haben, um auf diesem Kontinent überhaupt etwas Passables zu finden.«

»Schätzchen, ich würde ans andere Ende der Welt fahren, um diesen Mann zu treffen.«

»Um mit ihm zu schlafen vielleicht. Aber würdest du auch ein Surfboard kaufen, weil er es dir sagt?«

Nachdenklich betrachtete Sonia das Foto. »Vielleicht ist er ja gar nicht so perfekt, wenn man ihm von Angesicht zu Angesicht gegenübersteht.«

Der bloße Gedanke daran, ihn später vom Flughafen abzuholen, veranlasste Lise dazu, noch einen Schluck aus der Maaloxan-Flasche zu nehmen. »Ich bin ernsthaft davon überzeugt, dass Jens Urteilsvermögen gelitten hat, seit sie Mark Forsythe für Cameron Crane abserviert hat.«

Sonia blies sich den Pony aus der Stirn. »Nun, dann ist es wohl an uns, Jens kleinen Hintern zu retten. Was sollen wir tun? Können wir diesen perfekten Mann möglicherweise ein bisschen hässlicher machen?«

Lise lachte. »Ein paar Makel ins Bild *hineinretuschieren?* Das wäre mal etwas anderes.« Aber die Worte ihrer Freundin brachten sie auf eine Idee.

Sie kniff ganz leicht die Augen zusammen und legte den Kopf schräg.

»Lass uns mal etwas versuchen ...« Sie griff nach einem schwarzen Filzstift und malte dem Gesicht auf dem Foto einen Dreitagebart, um das viel zu makellose Erscheinungsbild ein wenig abzumildern.

Sie neigte ihren Kopf auf die andere Seite. »Viel besser.«

Aber das Haar. Niemand hatte Haare, die so natürlich von der Sonne ausgeblichen aussahen. Sie hatte zwar keine Ahnung, wer sein Friseur war, aber der Typ musste ein Vermögen kosten. Und das Resultat war ebenfalls viel zu perfekt. Sie schüttelte den Kopf. »Die Strähnchen müssen weg«, entschied sie und fiel mit einem braunen Stift über das Foto her.

»Hör auf, ich kann das gar nicht mit ansehen«, rief Sonia und schlug die Hände vor die Augen. »Ich gehe zurück an meinen Schreibtisch. Du nimmst einen gutaussehenden Mann und machst ihn hässlich? Das ist, als würde man einen Diamantring mit Schlamm besudeln. Du bist echt verrückt.«

Als Lise einige Zeit später mit der Veränderung des Fotos fertig war, war sie schon ein bisschen zuversichtlicher. Der Mann auf dem Bild war noch im-

mer bemerkenswert – aber er sah nun doch eher aus wie ein echter Mensch und nicht mehr wie ein Geschenk des Himmels.
Apropos, sie musste Jens Geschenk an die Surf-Welt ja vom Flughafen abholen.
Sie warf einen Blick auf ihre Armbanduhr und schrie erschrocken auf.
Im selben Moment kam Sonia in Lises Büro. »Du musst jetzt los, sonst kommst du zu spät, um ihn in Empfang zu nehmen.«
»Ich weiß. Ich hatte nur gehofft, dass ich heute noch ein bisschen Zeit hätte, um ein paar andere Dinge zu erledigen.«
»Soll *ich* vielleicht …«, begann Sonia und blickte sie hoffnungsvoll an.
»Nein. Ich muss ihn persönlich sehen, damit ich ein Gefühl dafür bekomme, wie es sein wird, mit Steve Jackson zusammenzuarbeiten. Wenn er der Typ ›Prinzessin auf der Erbse‹ ist, will ich es lieber von Anfang an wissen. Hast du nachgefragt, ob seine Suite fertig ist? Ich will nicht gleich mit einem Tobsuchtsanfall starten.« Die beiden Frauen tauschten einen vielsagenden Blick. Seit sie sich kannten, waren sie schon auf einige schillernde Persönlichkeiten getroffen.
»Das Zimmer ist fertig«, versicherte Sonia. »Und

ich habe den Flug gecheckt – die Maschine scheint pünktlich zu sein.«

»Großartig. Ich kann es noch schaffen, wenn ich mich jetzt beeile. So wie ich die Model-Welt kennengelernt habe, wird er wahrscheinlich so viel Gepäck haben, dass er sowieso eine halbe Stunde länger an der Kofferausgabe benötigt.«

Mit einer fließenden Bewegung schob sie ihre Arme in die Jacke und griff gleichzeitig nach der Maus, um die Datei auf ihrem Computerbildschirm zu schließen. Es war selbst für ihre Verhältnisse eine *sehr* ungeschickte Bewegung – und da ihr Leben so ziemlich rammelvoll von unkoordinierten Bewegungen war, wollte das etwas heißen. Es erklang nur ein kleines und scheinbar bedeutungsloses Geräusch von Plastik, das auf einen festen Untergrund traf.

»Pass auf!«, rief Sonia.

Aufgeschreckt durch den Schrei senkte Lise den Blick und sah, dass sie das Fläschchen mit dem Maaloxan umgestoßen hatte. Aus der Flasche quoll eine dickliche, säureneutralisierende, Magengeschwüre umhüllende Schmiere und ergoss sich über die Jacke ihres Kostüms und ihren Rock. Innerhalb von Sekunden hatte sich auf ihrem Schoß eine glibberige Pfütze gebildet.

Sonia griff blitzschnell nach der Flasche und richtete sie wieder auf, aber zu spät – es war schon passiert.

»Ich fürchte, ich habe vergessen, den Deckel zuzuschrauben«, murmelte Lise. »Wie kann man nur so dumm sein!« Sie erhob sich, nahm ein Papiertaschentuch und tupfte an dem klebrigen Fleck herum.

»So kannst du unmöglich unter Leute gehen. Und ich werde dir bestimmt nicht sagen, wonach das aussieht.«

»Aber ich muss los. Ich habe keine Zeit mehr, mich umzuziehen.«

»Schätzchen, kein männliches Model wird sich mit dir sehen lassen wollen, wenn du aussiehst, als hätte dir jemand seinen Vanille-Milchshake auf den Rock gekotzt.«

»Ich dachte, du wolltest mir nicht sagen, wonach es aussieht«, erinnerte Lise ihre Assistentin.

Sonia warf ihr ein vielsagendes Lächeln zu. »Ich war nur höflich. Wonach es tatsächlich aussieht, ist noch viel schlimmer.«

Mit einem weiteren Blick an sich hinunter begriff sie allmählich, was Sonia meinte. »Iiih, wie ekelhaft!«, schrie sie und nahm ein neues Taschentuch, obwohl sie sich selbst nicht sicher war, was es jetzt

noch retten sollte. Zu allem Überfluss hinterließ sie auf dem Stoff ihres Rockes nun auch noch kleine Fetzen des Papiertaschentuches, die in der zähflüssigen weißlichen Masse kleben blieben.
Währenddessen griff Sonia nach Lises Telefon und drückte ein paar Tasten. »Eddie? Kannst du Lises Wagen in ungefähr fünf Minuten vor den Eingang fahren? Ich lege dir die Schlüssel auf meinen Schreibtisch.« Sie legte auf, sah Lise an und schnipste auffordernd mit den Fingern.
Lise war mittlerweile bereit, alles zu tun, was Sonia ihr sagte – denn sie war zu müde, um zu widersprechen, ihr Kopf schmerzte, und sie sah ein, dass sie vollkommen die Kontrolle über die Situation verloren hatte. Gehorsam kramte sie in ihrer Handtasche und reichte ihr die Schlüssel.
»Jetzt zieh dich aus«, sagte Sonia.
»Soll ich unser Model etwa in meiner Unterwäsche abholen?«
»Wir tauschen die Kleider«, entgegnete Sonia und rümpfte die Nase. »Und glaub mir, ich erwarte dafür einen gigantischen Weihnachtsbonus.«
»Ich kann nicht ...« Doch es hatte keinen Sinn, weiterzureden, denn Sonia lief bereits mit den klimpernden Wagenschlüsseln in der Hand aus dem Büro.

Lise sah noch einmal an sich hinab und zog seufzend ihre Jacke aus.
Als Sonia zurückkam, schloss sie die Tür zu Lises Büro und streckte die Arme hinter den Rücken, um den Reißverschluss ihres Kleides zu öffnen. Lise stand schon in Unterwäsche vor ihrem Schreibtisch.
»Den BH und das Hemdchen musst du auch ausziehen.«
Ein Blick auf das dünne Sommerkleidchen mit Spaghettiträgern genügte, und Lise verstand. Na gut, dann würde sie eben wie Gwyneth Paltrow bei der Oscar-Verleihung aussehen, und ihre kleinen Brüste würden in einem viel zu großen Oberteil versinken. Das ist immer noch besser als mein eigenes schmutziges Kostüm, dachte sie.
»Komm schon, zieh es aus.«
Es ist ja nur für eine Stunde, beruhigte Lise sich selbst. Sie musste einen Typen herumkutschieren, der ganz sicher viel mehr an seinem eigenen als an ihrem Aussehen interessiert war. Es würde sie nicht umbringen, wenn sie mal Kleidung trug, die ein bisschen abenteuerlich war, und die Unterwäsche wegließ. Zu spät zu kommen, um ein international tätiges Model abzuholen, das der Kampagne laut Jennifer Talbot sowieso schon kritisch gegenüber-

stand, konnte allerdings sehr wohl das Ende bedeuten – zumindest, was ihre Karriere betraf.
Sie zog ihr Hemdchen aus und öffnete ihren BH. Und während die weit weniger sittsame Sonia sich das luftige Kleid über den Kopf zog und darunter nichts trug außer einem String, der selbst für einen String geradezu magersüchtig wirkte, schlüpfte Lise aus ihrem BH.
»Du bist viel … üppiger gebaut als ich«, klagte sie, als sie das Kleid angezogen hatte und es ihr im Vergleich doch eher kümmerliches Dekolleté schonungslos zur Schau stellte.
»Haltung, Baby. Brust raus, und niemand wird irgendetwas bemerken.«
Sie versuchte, ihre Brust herauszustrecken. Und in der Tat saß das Kleid ein wenig besser – doch trotzdem kam sie sich vor wie ein kleines Mädchen, das zum Spaß die Kleider der großen Schwester anprobierte.
Noch immer eher nackt als angezogen, beugte Sonia sich vor und begann, ihre High Heels auszuziehen. »Und hier, nimm die Schuhe.«
»Meine Schuhe sind doch gut.«
»Höchstens, um darin beerdigt zu werden. Du trägst deine Schuhe *nicht* zu meinem Kleid!«
Lise spürte, wie ihr Puls hämmerte, während

wertvolle Sekunden verstrichen. Eilig schleuderte sie die Schuhe von ihren Füßen und stieg in die orangefarbenen Riemchensandalen, die Sonia ihr reichte. Es waren Slingpumps, und sie saßen gar nicht mal so schlecht – wenn sie nicht gerade versuchte, darin zu laufen.

»Großartig, danke.« Sie wankte zur Tür. Plötzlich hatte sie das Gefühl, ihre Haare würden ihr praktisch aus der Kopfhaut gerissen. »Aua! Was machst du da?«

»Dein Haar bürsten.«

»Ich muss los.«

»Lippenstift«, flehte Sonia.

»Keine Zeit.« Sie hatte gerade das letzte Wort ausgesprochen, als ein kleiner goldener Zylinder auf ihren Mund gerichtet wurde, und – wusch, wusch – war der Lippenstift auch schon aufgetragen. Sie konnte nur hoffen, dass er nicht denselben Farbton hatte wie die Sandalen.

»Jetzt geh«, sagte Sonia und gab ihr einen saftigen Klaps auf den Po.

Lise erlebte so etwas nicht oft, aber sie ahnte, dass eine Frau in einem solchen Kleid anfällig für derartige Beifallsbekundungen war. Sie musste aufpassen. Obwohl sie glaubte, dass die Chancen, sich auf diesen Schuhen das Bein – oder den Hals – zu brechen, weitaus größer waren, als am Flughafen auf herumziehende Banden von Leuten zu treffen, die ihr auf den Hintern hauen wollten.

»Vergiss das Schild nicht«, erinnerte Sonia sie. Lise nickte. Als sie an Sonias Schreibtisch vorbeikam, griff sie sich das Plakat mit dem Schriftzug *Steve Jackson* darauf, setzte sich ihre ärztlich verordnete Sonnenbrille auf und lief hinaus in den Sonnenschein.

Als sie völlig außer Atem und mit vom Rennen – auf diesen dummen, verdammten, viel zu hohen Schuhen – total verkrampften Achillessehnen endlich am Flughafen ankam, hatte der Flug Verspätung. Natürlich.

Sie setzte sich hin, um zu warten. Kein Problem, sagte sie sich. Dann würde sie einfach ein paar der Entspannungsübungen machen, die ihr Arzt ihr gezeigt hatte. Allerdings hatte sie sich noch nie zuvor weniger entspannt gefühlt als in diesem Augenblick. Die Klimaanlage verursachte ihr eine Gänsehaut an Körperteilen, die für gewöhnlich nicht entblößt waren, und in Gedanken ging sie bereits alles durch, was sie eigentlich noch zu erledigen hatte.

Und irgendwie war das alles die Schuld von diesem Mr. Viel-zu-schön.

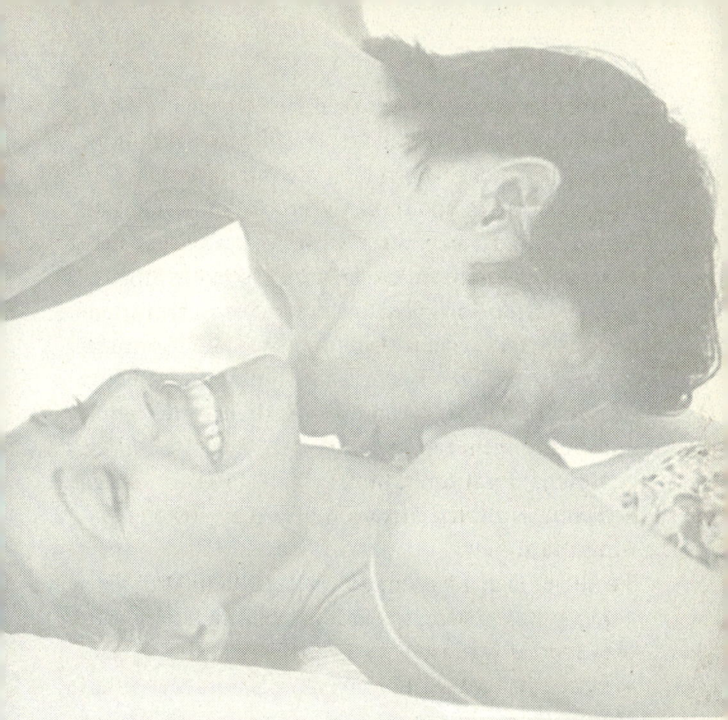

2. Kapitel

Steve Jackson blickte aus dem Fenster des Flugzeuges auf die glitzernde, strahlende Stadt unter sich.
Aufregung erfasste ihn, als er die Golden Gate Bridge sah, die sich unter ihm wölbte wie der Rücken einer Tänzerin, die anmutig zum Sprung ansetzte. Er hatte an ziemlich vielen Brücken gearbeitet, hatte Stahlträger geschleppt und Teile zusammengeschweißt, die für sich genommen nichts Besonderes gewesen waren. Doch irgendwie, wenn alles fertig war, hatten diese einzelnen Abschnitte ein elegantes Ganzes ergeben. Aber nur wenige Brücken – und er hatte jede Menge gesehen – waren so schön, wie die Golden Gate Bridge.
Sosehr er auch den ersten Blick auf San Francisco genoss, war er sich sicher, dass er sehr viel glücklicher wäre, wenn er in diesem Moment zu Hause sein könnte. Mit dem Geräusch von Metall auf Metall in den Ohren und dem Geruch von Lötzinn in der Nase, hoch über der Erde mit einem Seil gesichert, hätte er dann wenigstens einen ehrlichen anstrengenden Job für ehrliches hart verdientes Geld machen können.
Unbehaglich rutschte er in seinem Sessel hin und her und sehnte sich danach, in einer schmutzigen Jeans und einem alten T-Shirt, nach einem langen

Arbeitstag verschwitzt, mit seinen Kumpeln auf dem Weg in die nächste Kneipe zu sein.
Stattdessen steckte er in Klamotten, in denen er sich fühlte wie eines dieser Modepüppchen aus Plastik, die seine kleine Schwester so gern herausputzte. Und statt eines anständigen Jobs, den ein Mann erledigen und trotzdem noch hocherhobenen Hauptes in die Welt hinausgehen konnte, würde er wie ein verdammter Warmduscher in einer Badehose herumstolzieren, um verdammte Surfboards an verdammte Amis zu verkaufen.
Ihm wurde ganz anders, wenn er nur daran dachte.
Denk an das Geld, ermahnte er sich.
Hier saß er nun in der ersten Klasse des Fliegers, auf dem Weg zu seinem absurd gut bezahlten Job, der ein paar Monate dauern würde, und tröstete sich damit, dass er weit genug von zu Hause weg war und seine Kumpel niemals davon erfahren würden. Er hatte sich ziemlich verschwiegen gezeigt, wenn seine Reise zur Sprache gekommen war, und lediglich verraten, dass er eine Zeitlang Urlaub machen würde.
Steve warf einen Blick auf das *People Magazine*, das aufgeschlagen auf seinem Schoß lag. In letzter Zeit hatte er es sich angewöhnt, solche Publikationen durchzublättern, um herauszufinden, wie man in

Amerika auftrat und wie man sich verhielt. Wenn es wie im Fernsehen oder in den Hochglanzmagazinen war, würde er in den USA eine halbwegs annehmbare Zeit verleben.

Und schließlich war er nicht nur wegen des Geldes hier – auch die kalifornischen Mädchen sahen mehr als nett aus. Und soweit er wusste, taten sie nichts anderes, als wilde Partys zu feiern.

Vielleicht konnte er ja während seines Aufenthaltes in den Staaten ein wenig mitfeiern. Warum nicht? Ihm stand etwas Geld zur Verfügung, und diese Mädchen mit ihren langen blonden Haaren und den perfekten weißen Zähnen, den Cabrios und dem kalorienreduzierten Bier hatten etwas. Steve Jackson war entschlossen, diesen verrückten Job, der ihm vollkommen unerwartet in den Schoß gefallen war, in vollen Zügen zu genießen. Wenn er nicht gerade halbnackt durch die Gegend stolzierte, um seinen Job zu erledigen, wollte er die Zeit seines Lebens haben.

Das Flugzeug neigte sich ein wenig zur Seite und zeigte ihm mehr von der Stadt. Er sah den Golden Gate Park und eine felsige Insel mitten im Hafen – das musste Alcatraz sein. Dort unten in der Stadt waren irgendwo die sogenannten Cable Cars, also die Kabelstraßenbahnen, sowie die berühmten abschüssigen Hänge – und eine Frau, die ihn laut Jennifer Talbot auf seinen Job vorbereiten würde. Er vermutete, dass sie ihn in einen blondierten Schwachkopf mit eingeölten Muskeln verwandeln wollte, der vor der Kamera Bodybuilderposen einnehmen sollte.

Ihm drehte sich der Magen um – was entweder an der Aussicht auf das lag, was ihn erwartete, oder an der plötzlichen Bewegung des Flugzeuges. Zugegebenermaßen war er doch öfter mit dem Bus unterwegs als mit dem Flugzeug.

Trotz all des Geldes, das sie ihm geboten hatten – und er musste zugeben, dass es ihm nicht ungelegen kam –, hätte er den Job möglicherweise doch noch abgelehnt. Wenn, ja wenn Cameron Crane nicht gewesen wäre.

Als er den Mann persönlich kennengelernt hatte, war er ihm auf Anhieb sympathisch gewesen. Ein kantiger, rauher Typ, der ab und an gern mal ein Bier trank und so wirkte, als könnte er eine Runde Australian Football spielen, ohne gleich in Tränen auszubrechen.

Sie hatten sich getroffen und einander die Hände geschüttelt, und Cam hatte ihn mit einem verständnisvollen Blick angeschaut und gesagt: »Und? Was meinst du?«

Er hatte die Schultern gezuckt. »Weiß nicht.«
Crane hatten diese beiden Worte alles gesagt, was er wissen musste. »Passt auf, dass die Amis ihn nicht zu hübsch machen«, hatte der Big Boss Jennifer Talbot gewarnt, und in dem Augenblick hatte Steve geglaubt, dass es funktionieren würde. »Er ist ein Mann, er surft wie ein Mann, er sieht aus wie ein Mann, klar?«
»Natürlich. Er ist perfekt. Ich will ihn gar nicht verändern«, hatte Jennifer Talbot in dem leicht genervten Tonfall eines Menschen versichert, der so etwas schon unzählige Male gesagt hatte. Dennoch war Steve erleichtert gewesen, zu hören, dass sie nicht planten, ihn zu jemandem zu machen, der er nicht war.
Doch nun, auf dem Weg zu neuen Ufern, in einem neuen Anzug, der einem vornehmen Fremden und nicht ihm zu gehören schien, fragte er sich, ob es die richtige Entscheidung gewesen war, den Job anzunehmen.
»Es gibt nur einen Weg, das herauszufinden«, murmelte er, als die Maschine mit einem Ruck aufsetzte.
Er erhob sich, um seine schicke neue Tasche aus dem Gepäckfach zu holen, und versuchte, sich dabei nicht den Kopf zu stoßen. Glücklicherweise

gelang ihm das – wenn auch nur knapp. Neben seiner Tasche stand eine Reisetasche mit Schottenmuster, die der älteren Dame auf der anderen Seite des Ganges gehörte. Kurzerhand reichte er sie ihr, und sie bedankte sich lächelnd.

»Oh, würde es Ihnen etwas ausmachen, mir meine Tasche ebenfalls zu geben?« Die junge Frau, die ihn den ganzen Flug hindurch beobachtet hatte, zwinkerte ihm zu.

»Sicher. Welche ist es denn?«

»Die grüne.«

Er streckte seine Hand aus – und wäre beinahe zurückgezuckt, als er das Material berührte. Krokodilleder. Und als hätte das arme Tier nicht schon genug damit erleiden müssen, gejagt, getötet und zu einer Damenhandtasche verarbeitet zu werden – nach seinem gewaltsamen Tod war es noch einmal gedemütigt worden, indem man seine Haut so eingefärbt hatte, dass sie zu einer Kiwi passte.

Schnell reichte er die Tasche herüber und versuchte, die Bemühungen der Frau, ihm beim Ausstieg aus der Maschine ein Gespräch aufzudrängen, freundlich, aber entschieden abzuwehren.

Er tröstete sich mit dem Gedanken, dass ihn bereits jemand erwartete – eine Frau würde ihn abholen, wie er annahm. Sicher würde er spätestens dann

die Krokodillederhandtasche und ihre hartnäckige Besitzerin, die ihm nicht von der Seite wich, loswerden. Da sie schon bei der Zwischenlandung auf Hawaii durch den Zoll und die Passkontrolle geschickt worden waren, musste er nur noch seinen Rucksack holen und konnte dann schleunigst hier verschwinden.
Die Krokodil-Lady war sichtlich enttäuscht, als sein Rucksack auf dem Gepäckband auftauchte, während ihr vierter Koffer noch nicht in Sicht war. Nachdem Steve ihre ersten drei Gepäckstücke vom Band gewuchtet hatte, war es ihm schon äußerst rätselhaft, wie die Maschine überhaupt in der Luft geblieben war.
Als er kurz darauf durch den Ankunftsbereich lief, hielt er Ausschau nach Jennifer Talbot, obwohl er nicht wirklich davon ausging, sie hier in San Francisco zu treffen. Einige Leute hielten Schilder in der Hand, aber auf keinem davon stand sein Name.
Menschen umarmten sich, ein paar weinten auch, Freunde und Familien fanden wieder zueinander. Mehrere müde Gestalten sammelten sich unter dem Schild eines Reiseveranstalters, andere, die offensichtlich wussten, wohin sie wollten, zogen vergnügt ab.

Steve fühlte sich vollkommen allein.

Tja, er nahm an, dass früher oder später jemand auftauchen würde, also entschloss er sich, einen Becher Kaffee aufzutreiben, sich in die Lounge zu setzen und zu warten.

Als er durch die Wartehalle ging, sah er das erste Partygirl. Oder um genauer zu sein: sein erstes »Am-Morgen-nach-der-Party«-Girl.

Eigentlich wurde seine Aufmerksamkeit von dem sanften Hügel einer kleinen Brust gefesselt, die in dem ohnehin schon atemberaubend offenherzigen Kleid gefährlich kurz davorstand, den Tatbestand der »unsittlichen Entblößung« zu erfüllen. Die Besitzerin von beidem – dem Kleid und der Brust – schlief offensichtlich. Ihr leuchtend rot geschminkter Mund war leicht geöffnet, und sie schnarchte ganz leise. Ihre Tasche stand unverschlossen auf ihrem Schoß. Sie musste eine wirklich wilde Party gefeiert haben, wenn man die große Packung Kopfschmerztabletten und die ebenso stattliche Flasche mit einem magensäurebindenden Saft betrachtete. Ihr dickes braunes Haar war sexy zerzaust, und ihre Sonnenbrille saß schief in ihrem Gesicht, das eher unauffällig war, wenn man einmal von den vollen roten Lippen absah.

Sie muss einen ziemlichen Kater haben, dachte

er bei sich. Sogar ihr Lippenstift wirkte ein wenig flüchtig aufgetragen.
Er schüttelte den Kopf. Ungefähr acht Stunden früher hätte er diese Frau nur zu gern kennengelernt. Einen Moment lang dachte er darüber nach, sie zu wecken und ihr zu sagen, dass ihre Tasche sperrangelweit offen stand, aber dann entschied er, sie doch lieber schlafen zu lassen.
Gerade wollte er vorsichtig an ihr vorbeigehen, als er auf irgendetwas trat, das am Boden lag. Ein Geräusch ertönte, das sich anhörte wie das Knacken eines trockenen Zweiges im Busch. Abrupt blieb er stehen, schaute nach unten – und stutzte. Das war doch *sein* Name, der ihm da von einem kleinen Schild entgegenstarrte. Verdutzt betrachtete Steve noch einmal die Frau, die inzwischen aus dem Schlaf aufgeschreckt war.
Sie hatte die Augen weit aufgerissen, aber ihr Blick war so leer und ausdruckslos, wie es für ein Party-Opfer mit Katerstimmung typisch war.
Doch es war nicht ihr Blick, der seine Aufmerksamkeit fesselte …
Das plötzliche Zusammenzucken beim Aufwachen hatte gereicht: Ihre linke Brust, die in etwa die Größe und die Form einer Mango hatte, lag entblößt über dem Ausschnitt des bunten Kleides.

Ihre Haut ist so weiß, und der Nippel hat die Farbe eines Karamellbonbons, schoss es ihm unwillkürlich durch den Kopf, während er wie gebannt auf ihre Brust starrte.
Sie folgte seinem Blick und gab einen Laut von sich, der irgendwo zwischen einem Quietschen und einem Stöhnen lag. Hastig schlug sie beide Hände über die abtrünnige Brust. Eine leuchtende Schamröte überzog ihre Wangen. Sogar ihr Dekolleté schien rot zu werden. »Was machen Sie da?«, flüsterte sie aufgebracht.
Die Komik der Situation holte ihn schnell ein. Er beugte sich herunter und hob den nun zerbrochenen Stock mit dem Schild daran auf. »Ich bin Steve Jackson«, erklärte er.
Es folgte ein Moment, in dem er ernsthaft glaubte, dass sie einfach leugnen würde, ihn zu kennen oder etwas mit dem Schild zu tun zu haben. Doch einen Augenblick später schien sie sich gesammelt zu haben und riss sich zusammen.
»Oh. Tja. Ich bin Lise Atwater. Willkommen in San Francisco«, sagte sie. Mit der linken Hand hielt sie immer noch krampfhaft das Kleid über ihrer Brust fest, während sie ihm ihre Rechte zur Begrüßung reichte. Ihre Stimme klang sanft und klar, und ihre Augen waren von einem tiefen Schokoladen-

braun. Jedenfalls nahm er an, dass sie beide braun waren. Denn die Sonnenbrille saß noch immer schief auf ihrer Nase und verdeckte ein Auge. Und in dem unverdeckten anderen Auge funkelte ziemlich deutlich eine Mischung aus Verlegenheit und Vorwurf.
Seine Tante Gwen hätte ihm etwas erzählt, wenn sie gesehen hätte, wie er hier stand und sich das Lachen verkniff, während die junge Frau wie erstarrt vor ihm saß, eine Hand noch immer über der Brust, und ihre Gesichtsfarbe zwischen leichenblass und fiebrig rot wechselte.
Vielleicht war es der Gedanke an seine Tante Gwen, aber mit einem Mal erinnerte er sich wieder an seine guten Manieren. Er zog seine Anzugjacke aus und legte sie der Dame um, so dass sie sie von den Schultern bis zu den Schenkeln verdeckte.
»Danke«, sagte sie steif.
Er wandte sich ab, um gentlemanlike zur Seite zu blicken, während Lise ihr Kleid richtete – doch gleichzeitig konnte er so ein Lächeln vor ihr verbergen, das der grünen Tasche in ihrem vorherigen Leben zur Ehre gereicht hätte.

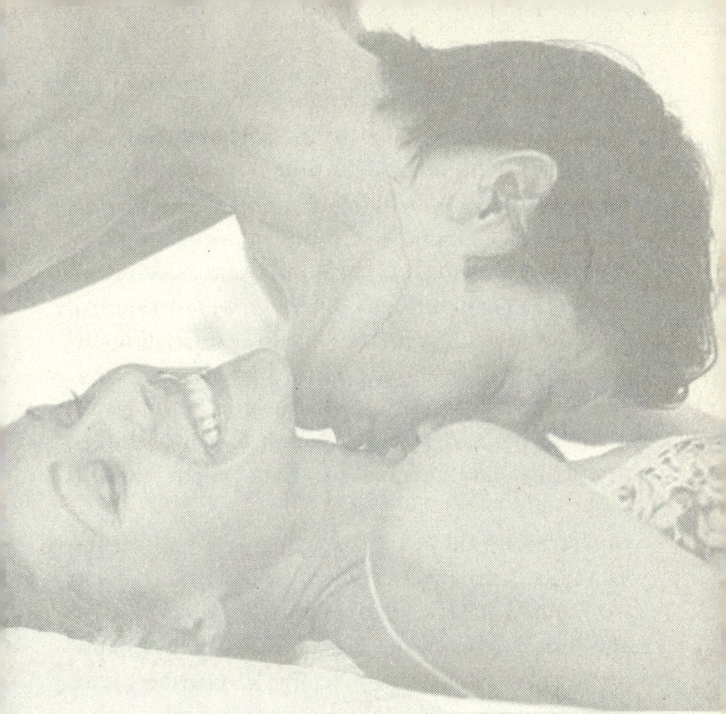

3. Kapitel

Also gut«, sagte Lise und bemühte sich um einen professionellen Tonfall. Sie blickte in das traumhaft schöne Gesicht und unterdrückte ein sehnsüchtiges Seufzen.

Gut, auf der einen Seite hatte sie sich komplett zum Idioten gemacht, hatte ihre wenig beeindruckenden »Vorzüge« dem ganzen San Francisco International Airport präsentiert und geschlafen, als sie eigentlich den Mann hätte treffen sollen, der Teil ihres wichtigsten Projektes werden sollte.

Aber auf der anderen Seite wusste sie jetzt zumindest, dass der Sprecher für *Crane* nicht schwul war.

Es war nicht allein die Tatsache, dass er auf ihre Brust gestarrt hatte – so ziemlich jeder hätte doch wohl einen Blick riskiert, wenn einer Frau mitten auf dem Flughafen die Brust aus dem Kleid hüpfte. Nein, es waren vielmehr die Sinnlichkeit und die Lust, die in diesem Blick gelegen hatten. Dieser Kerl hatte offenbar mehr Testosteron im Blut, als für einen einzelnen Mann erlaubt sein sollte.

Kein Wunder, dass Jen so begeistert gewesen war. Auf dem Fernsehbildschirm würde er mit Sicherheit überwältigend wirken. Auf Fotografien erschien er viel zu perfekt, um wahr zu sein. Doch in natura verliehen seine animalische Anziehungskraft und seine unverhohlene Männlichkeit diesem Gesicht eine rauhe Natürlichkeit.

Sie würde Jen vorschlagen, so viel wie möglich im Fernsehen zu machen. Die Leute mussten ihn erst einmal auf diesem Wege kennenlernen. Und anschließend – darauf ging sie jede Wette ein – würden sie bei jedem Foto von ihm, das ihnen aus einem Magazin, einer Zeitung oder von einer riesigen Plakatwand entgegenlächelte, immer auch an die starke Persönlichkeit denken, die hinter diesem Gesicht steckte und die sie bereits aus Werbefilmen kannten. Und aus Kinotrailern, fügte sie im Geiste hinzu.

»Also gut«, wiederholte sie, als ihr auffiel, dass sie ihn anstarrte und er ihren Blick mit unverblümter Belustigung erwiderte.

Großartig. Sie sollte eigentlich seine Ratgeberin und Mentorin sein, die Frau, die aus ihm das perfekte Gesicht, die Stimme und den Körper für *Crane Surf and Boogie Boards* machen sollte – und er hielt sie für eine Witzfigur.

Da sie sich ziemlich sicher war, dass nun alle ihre Körperteile wieder an Ort und Stelle saßen, gab sie ihm sein Jackett zurück. Sie fühlte sich ihm gegenüber im Nachteil, weil sie immer noch saß und zu diesem Mann hinaufblicken musste, der wirklich viel größer war, als sie angenommen hätte. Also stand sie auf und bemühte sich dabei, auf den gefährlich hohen Hacken nicht zu auffällig zu schwanken.

»Sie müssen müde sein«, erklärte sie förmlich, während sie neben ihm herstöckelte. Sie ahnte, dass er sich sehr zusammennehmen musste, um genauso langsam zu gehen wie sie. Hätte Sonia ihr nicht wenigstens erlauben können, dass sie ihre eigenen Schuhe trug?

»Nein. Mir geht es gut. Ich habe im Flieger geschlafen.«

»Oh.« Sie geriet ein wenig ins Stocken – das brachte sie nun aus dem Konzept. Eigentlich war sie davon ausgegangen, dass er sofort ins Hotel fahren wollte, um etwas Schlaf nachzuholen. »Wir sollten trotzdem erst einmal im Hotel einchecken.«

»Alles klar. Und danach kann es meinetwegen mit der Arbeit losgehen.«

»Ich habe ehrlich gesagt nicht vorgehabt, vor morgen zu beginnen.«

»Das ist auch gut. Dann werde ich mich eben ein bisschen umsehen.«

Sie nickte. »Ich kann Ihnen einen Wagen und einen Fahrer organisieren.«

Er blickte sie an, als hätte sie ihre Brüste schon

wieder raushängen lassen. »Ich habe zwei gesunde Beine. Ich werde zu Fuß gehen.«

»Aber verlaufen Sie sich nicht.« Er war schließlich Gold wert. Es waren bereits Pläne gemacht und Kampagnen erdacht worden, die auf sein Image zugeschnitten waren. Wenn er in die falsche Gegend geriet und ermordet wurde, wäre sie ihren Job los.

»Machen Sie sich keine Sorgen um mich. Ich kann schon auf mich aufpassen«, entgegnete er.

Lise fiel auf, dass er über eins neunzig groß war und aussah, als würde er Bodybuilding betreiben. Trotzdem – sie sollte an seiner Seite bleiben und mit ihm zusammen auf Erkundungstour gehen. Aber nicht in diesen Schuhen.

»Wo ist Ihr restliches Gepäck?«, fragte sie, als sie bemerkte, dass er nur eine Tasche hatte, die teuer und neu wirkte, und einen ziemlich abgenutzten Rucksack.

»Das ist alles.«

»Oh«, sagte sie schwach. Also war er nicht nur ausgesprochen männlich, sondern reiste auch noch mit leichtem Gepäck. Zwei Überraschungen. Sie hoffte nur, dass ihr weitere Überraschungen erst einmal erspart blieben. Für heute hatte sie die Grenzen dessen, was sie aushalten konnte, jedenfalls erreicht – da war sie sich ziemlich sicher.

»Schön hier«, bemerkte er, als sie vor dem Hotel hielten.

»Es freut mich, dass es Ihnen gefällt. Immerhin wird es eine ganze Zeitlang Ihr Zuhause sein.«

Während sie ihn anmeldete, stand er widerspruchslos hinter ihr und wartete geduldig. Schweigend fuhren sie anschließend mit dem Lift hinauf in das sogenannte »Executive Level« des Hotels, einem Bereich, in dem der Gast besondere Annehmlichkeiten genießen konnte. Lise führte ihn zu seiner Suite. Als Steve das Zimmer betrat, sagte er nicht mehr: »Schön hier.« Eigentlich sagte er überhaupt nichts mehr. Wortlos ging er zweimal durch die gesamte Suite, öffnete dann die Schiebetür zum Balkon und bewunderte einen Moment lang die Aussicht.

»Ist alles in Ordnung?«

»Das alles hier ist für mich allein?«

Sie nickte.

»Es ist riesengroß«, stellte er fest.

Steve sah, wie Lise sich streckte und mit dem Kopf einen Halbkreis beschrieb, als wäre er zu schwer, um ihn hochzuhalten. Die Bewegung ließ ihr Haar tanzen, und der Ausschnitt ihres Kleides verrutschte ein wenig. Da er bereits einen aufreizenden Blick auf das, was sich unter dem Kleid verbarg,

bekommen hatte, fiel es ihm schwer, nicht genau dorthin zu starren.
Sexy, das war sie. Andererseits erwartete man von einem kalifornischen Mädchen, das oft und viel feierte, nichts anderes.
Sie schloss kurz die Augen und griff dann in ihre Handtasche, um eine der Kopfschmerztabletten hervorzuholen, die ihm schon aufgefallen waren. »Macht es Ihnen etwas aus, wenn ich mir Wasser nehme?«, fragte sie.
Er schüttelte den Kopf. »Sie müssten sich mal entspannen.«
Mit ihren sexy braunen Augen blinzelte sie ihn an. »Das sagt mir jeder. Allerdings kennen Sie mich erst seit einer Stunde.«
»Ich bin eben sehr scharfsinnig.«
Es klopfte an der Tür, und bevor er sich's versah, war sie bereits aufgesprungen, um zu öffnen, und führte den Hotelpagen mit dem Rucksack herein – dem Rucksack, den Steve eigentlich auch sehr gut allein hätte tragen können. Aber er hatte sich auf diesem für ihn vollkommen unbekannten Terrain in diesem piekfeinen Hotel so unsicher gefühlt, dass er nicht protestiert hatte, als der uniformierte Page den Rucksack genommen hatte, den er neben sich auf den Boden gestellt hatte.

»Können Sie das ins Schlafzimmer stellen?«, fragte sie und fischte einen Geldschein aus ihrer Tasche. Es war schwierig zu sagen, wie viel genau es war, da die amerikanischen Banknoten alle gleich aussahen, aber Steve nahm an, dass es sich um einen Fünfdollarschein gehandelt hatte.
»Haben Sie dem Pagen eben fünf Dollar Trinkgeld gegeben?«, erkundigte er sich, nachdem der Junge das Zimmer verlassen hatte.
»Ja.« Sie wirkte einen Moment lang überrascht, dass er ihr eine solche Frage stellte, doch dann nickte sie. »Ach ja, richtig. Ich vergaß. Trinkgeld zu geben ist bei Ihnen in Australien ja eher unüblich. Hier ist es allerdings enorm wichtig. Vor allem im Hotel, aber auch sonst überall, wo sich irgendjemand aufhalten könnte, der Sie mit *Crane Enterprises* in Verbindung bringen kann.«
»Aber Crane stammt auch aus Australien. Ich kann mir kaum vorstellen, dass er Trinkgeld gibt.«
»Wenn er in den Staaten ist, macht er es. Image ist alles. Glauben Sie mir – Sie wollen nicht im *People Magazine* lesen, dass Sie die Bedienung im *Le Cirque* um ihr Trinkgeld gebracht haben.«
Da das sowohl französisch als auch teuer klang, glaubte er nicht, dass die Bedienungen in dem Lokal irgendetwas vor ihm zu befürchten hatten.

»People Magazine?« Im Flugzeug hatte er einen kurzen Blick in das Heft geworfen. Er konnte sich kaum vorstellen, dass die Redakteure dieser Zeitschrift ein gesteigertes Interesse an Steve Jackson und seinen Trinkgeld-Gewohnheiten haben würden.

»Steve, sobald die Kampagne gestartet wird, können Sie gar nicht vorsichtig genug sein. Also ist es besser, das schon jetzt zu üben.« Sie holte einen digitalen Notizblock hervor und kritzelte etwas auf das Display. »Ich werde Sonia beauftragen, Ihnen einen kleinen Leitfaden für Trinkgelder zusammenzustellen.«

»Danke«, sagte er und fragte sich insgeheim, in was er da hineingeraten war.

»Oh, und hier habe ich ein wenig Bargeld für unvorhergesehene Ausgaben«, erklärte sie und reichte ihm einen dicken weißen Umschlag.

Er fühlte sich seltsam – fast so, als wäre er nicht in ein anderes Land, sondern in ein Paralleluniversum gereist.

Nachdem Lise Atwater gegangen war, zog Steve sich den schicken Anzug aus und schlüpfte in eine Jeans und ein weißes T-Shirt. Augenblicklich war er wieder er selbst. Das hier war sein wahres Ich, und das sollte er nicht vergessen.

Er zog sich seine Boots an, steckte ein paar der amerikanischen Dollarscheine in seine Brieftasche, legte den Rest in den Safe, der sich im Schrank befand, und verließ das Zimmer.
»Taxi, Sir?«, fragte ein dienstbeflissener Mann in Uniform, der ihm die Tür aufhielt.
»Nein danke.«
Auf der Straße atmete Steve erst einmal tief durch. Jetzt stand es ihm frei, Amerika auf eigene Faust zu erkunden.
Das Hotel befand sich auf einer Anhöhe, und so ging er den Hügel hinunter, bis zum Meer. Dann machte er sich mit Hilfe eines Stadtplanes für Touristen, den er auf dem Schreibtisch in seinem Hotelzimmer gefunden hatte, auf den Weg in belebtere Viertel. Wie zum Beispiel Fisherman's Wharf.
Schweigend genoss er die Eindrücke. Die Stimmen mit all den unterschiedlichen Akzenten, die unzähligen Handys, die europäische Atmosphäre, die sich hier mit dem amerikanischen Tatendrang vermischte.
Er kaufte sich eine Zeitung und setzte sich in ein Straßencafé, wo er Cappuccino trank und versuchte, das Who's who der kalifornischen Politik zu durchschauen. Vielleicht lag es doch am Jetlag, aber die Politik in Kalifornien schien höchst

kompliziert zu sein. Er befand sich hier in einem Staat, in dem ein ehemaliger Bodybuilder Gouverneur werden konnte – kein Wunder, dass er sich eher wie ein Komparse in Disneyland fühlte und weniger wie ein Mann, der einen Job zu erledigen hatte.

Leute zu beobachten war sowieso viel lohnenswerter. Also saß er träge im Sonnenschein und betrachtete die Bettler und aufdringlichen Verkäufer, die Geschäftsleute und die Kauflustigen, die Touristen und Studenten und die zahllosen anderen Menschen. All diese Leute führten ihr ganz eigenes Leben und waren aus den unterschiedlichsten Gründen hierhergekommen.

Nach einer Weile erhob er sich, kaufte ein paar Postkarten und schlenderte die Straße entlang, wo er sich zwei Stücke Pizza gönnte. Nachdem er sie aufgegessen hatte, merkte er, dass er noch immer hungrig war. Er ging in einen ansprechend aussehenden Pub und bestellte – wie er es aus seiner australischen Heimat gewohnt war – ein Bier und einen Burger mit Chips. Kurz darauf kam die Kellnerin mit einem Teller zurück, auf dem ein Hamburger lag, neben dem sich ein Haufen Kartoffelchips türmte.

»Ich wollte aber Chips«, erinnerte er sie höflich.

»Das sind doch Chips, Herzchen. Kartoffelchips.«
Er war von Natur aus freundlich, und die vollbusige Frau schien trotz des Stresses auf ihre Art ganz nett zu sein, und so entschloss er sich, bei ihr seinen ersten Unterricht in den Besonderheiten der amerikanischen Sprache zu nehmen. »Da, wo ich herkomme, nennen wir diese hier Crisps.«
»Ach was«, murmelte sie und wischte ein paar Ringe von Bierflaschen von seinem Tisch.
»Eigentlich war mir mehr nach solchen langen, frittierten Kartoffelsticks. Wie heißen die denn hier?«
»Pommes frites, Herzchen.«
»Richtig. Danke vielmals.«
»Soll ich die Chips für Sie umtauschen und Ihnen eine Portion Pommes bringen?«
»Nein, das ist schon in Ordnung.«
Da er seinen Leitfaden für Trinkgelder noch nicht hatte und weil er nicht sicher sein konnte, dass die Typen mit ihren Baseballkappen am Nebentisch nicht vielleicht Reporter vom *People Magazine* waren, steckte er der Kellnerin fünf Dollar zu. Sie freute sich und schenkte ihm nicht nur ein breites Lächeln, sondern gab ihm auch noch ihre private Telefonnummer. »Falls Sie mal jemanden brauchen, der Ihnen die Stadt zeigt, Herzchen.«

Er bedankte sich artig. Seit er ungefähr zwanzig war, bekam er solche und ähnliche Angebote, und er hatte sich in diesen Fällen stets tadellos verhalten – er würde das Stück Papier mit ihrem Namen und ihrer Nummer selbstverständlich erst wegwerfen, wenn er außer Sichtweite war.
Steve verschlang seinen ersten amerikanischen Hamburger, während er aus dem Augenwinkel die Golfübertragung auf dem Fernseher hinter der Bar verfolgte. Es ist gar nicht so anders als ein Samstagnachmittag zu Hause, entschied er, nachdem er sein Bier ausgetrunken hatte und sich auf den Rückweg zum Hotel machte.
Dort angekommen, machte er es sich mit einem weiteren Bier gemütlich, das er aus seiner Minibar genommen hatte, und fragte sich, was seine Familie wohl von all dem halten würde. Sie schienen so verdammt weit weg zu sein. Er dachte kurz über die Zeitverschiebung nach und kam zu dem Schluss, dass er sie zu Hause erreichen müsste.
Sein Onkel nahm das Gespräch entgegen und war so glücklich, von ihm zu hören, als wäre er bereits seit einem Monat weg.
»Wie behandeln sie dich, Sohn?«
»Großartig. Ich habe ein schönes Zimmer in einem anständigen Hotel. Mit allem Komfort.«

»Und wie sind die Bienen?«
Da Steve bezweifelte, dass sein Onkel plötzlich seine Leidenschaft für Bienenkunde entdeckt hatte und nun von Insekten sprach, sagte er: »Soweit nicht schlecht.« Obwohl er ehrlich gesagt erst eine amerikanische Frau getroffen hatte, die in ihm die Lust auf mehr geweckt hatte.
»Ein hübsches Mädchen in einem luftigen Sommerkleid hat mich vom Flughafen abgeholt«, erzählte er seinem Onkel.
»Hübsch, ja?«
»Nette Brüste. Tja, ich habe zwar bloß eine davon in ihrer vollen Pracht gesehen, aber die war ziemlich nett.«
»Junge, Junge!« Sein Onkel lachte leise. »Ich weiß, dass du das nicht ernst meinst, aber nimm dich in Acht vor diesen Mädchen. Sie sind furchtbar, mit all ihren Schönheitsoperationen und den Scheidungen, bei denen sie keine Gefangenen machen.«
Steve rollte mit den Augen. »Du hast dir die Wiederholungen von *Dallas* angesehen, habe ich recht?«
»Schon gut, schon gut«, brummte sein Onkel. »Deine Tante möchte mit dir sprechen.«
Steve grinste. Er lebte schon seit Jahren nicht mehr bei ihnen, doch er konnte sich die Szene, die sich

jetzt abspielte, samt Schauplatz genau vorstellen – denn solange er denken konnte, hatte sich bei seiner Tante und seinem Onkel zu Hause nichts verändert. Das Reihenhaus in einem Arbeiterviertel hatte zwar, seit die Immobilienpreise in Sydney in absurde Höhen geklettert waren, eine enorme Wertsteigerung erfahren, aber das war für die beiden nicht von Bedeutung. Das Haus zu verkaufen und umzuziehen kam für sie nicht in Frage.

Nachdem seine Mutter krank geworden war und sein Vater sich aus dem Staub gemacht hatte, waren seine Tante und sein Onkel eingesprungen und hatten sich um ihn und seine Geschwister gekümmert. Als seine Mum schließlich gestorben war, hatten sie die jüngeren Kinder bei sich aufgenommen, während der siebzehnjährige Steve auf seiner ersten Baustelle zu arbeiten begonnen hatte.

Es war die einzige ernsthafte Auseinandersetzung gewesen, die er je mit Gwen und Sid geführt hatte. »Du bist klug, du könntest ein Stipendium an der Universität bekommen, Junge. Denk doch mal nach.«

Aber welcher Mann hätte sich nicht dagegen durchgesetzt, um das zu tun, was getan werden musste? Welcher Mann hätte seine Familie nicht unterstützt?

Ein Mann wie sein Vater – und so ein Mann wollte Steve nicht sein.

Nachdem er einige Minuten lang mit Tante Gwen geredet und sich auch kurz mit seiner jüngeren Schwester Sara unterhalten hatte, die für ihr Examen büffelte, fühlte er sich besser. Manchmal musste man für die Menschen, die man liebte, Opfer bringen. Sara würde die Chance bekommen, ihr Köpfchen zu benutzen und im nächsten Jahr auf die Universität zu gehen – und dieser Job würde ihr das ermöglichen.

Nicht, dass es besonders hart war, in einem schicken Hotel zu wohnen und Fotos von sich schießen zu lassen. Aber wenn die Wahrheit über seinen Job zu Hause ans Licht kam, würde sein Leben nicht mehr so sein, wie es einmal gewesen war.

Als er aufgelegt hatte, bemerkte er, dass an dem Telefon ein Lämpchen blinkte. Jemand hatte angerufen, während er mit seiner Familie telefoniert hatte. Aber wer hatte seine Nummer?

Wie sich herausstellte, war Lise Atwater die Anruferin gewesen. Er lauschte ihrer atemlosen Stimme, die beinahe panisch klang, weil er sich um – er warf einen Blick auf die Uhr auf dem Schreibtisch – acht Uhr abends nicht meldete. »Bitte, rufen Sie

mich zurück, sobald Sie wieder da sind«, bat sie und hinterließ zwei Telefonnummern.
Weil er nichts davon hielt, Frauen unnötig zappeln zu lassen, und weil ihm der Klang ihrer Stimme gefiel, wählte er sofort ihre Nummer.
»Oh, Gott sei Dank – es geht Ihnen gut«, stieß sie erleichtert hervor.
Einerseits fand er ihre Reaktion amüsant, doch er musste zugeben, dass sie ihn auch ein wenig irritierte. Er war nicht der Mensch, der sich am helllichten Tag in einem Touristenviertel übers Ohr hauen ließ oder sich sinnlos in Gefahr begab. »Ja«, entgegnete er. »Es ist gut, dass Sie angerufen haben. Verflucht gefährliche Stadt. Ich wäre beinahe von einer Straßenbahn umgefahren worden.«
»Cable Cars heißen sie hier in San Francisco«, korrigierte sie ihn und lachte artig. »Dies ist ein ziemlich wichtiger Auftrag für mich. Ich kann es mir nicht leisten, dass irgendetwas schiefgeht.«
»Tja, ich bin wohlbehalten in mein Zimmer zurückgekehrt und für heute sicher aufgehoben«, sagte er. »Sie können also unbesorgt zu Ihren Partys gehen.«
Sie lachte wieder – viel echter dieses Mal, wie ihm auffiel –, und er stellte fest, dass ihm ihr Lachen gefiel. Er fragte sich, wie ihr Kennenlernen ver-

laufen wäre, wenn er sie auf einer Party getroffen hätte. Und verdammt, er wünschte sich, er würde endlich das Bild dieser einzelnen, verführerischen Brust aus seinem Kopf bekommen.

»Ich stelle Ihnen gerade Ihr Programm für den morgigen Tag zusammen. Wie wäre es, wenn ich morgen früh um neun zu Ihnen komme, um Sie abzuholen? Wir werden im Büro gemeinsam das Skript durchgehen.«

Er verzog das Gesicht. Aber dafür bezahlten sie ihn schließlich, also würde er selbstverständlich da sein. »Sicher. Gut.«

»Hören Sie«, fuhr sie nach einer kurzen Pause fort. »Es tut mir wirklich leid wegen heute … als ich Sie abgeholt habe. Ich kann selbst nicht glauben, dass ich eingeschlafen bin.«

»Kein Problem«, erwiderte er ehrlich und dachte wieder, wie erstaunlich erotisch doch ein unverhoffter, kurzer Blick auf einen für gewöhnlich verhüllten Körperteil sein konnte. »Das war das Schönste, was mir heute widerfahren ist.«

Am anderen Ende der Leitung erklang ein ersticktes Geräusch. »Ich … ich muss jetzt los.«

»Viel Spaß auf der Party.«

Langsam legte Lise den Telefonhörer auf die Gabel, als wäre er ein Baby, das sie gerade in den Schlaf gewiegt hatte und das möglicherweise aufwachen und weinen würde, wenn sie nicht sehr, sehr vorsichtig war.

»Er glaubt, dass ich ein Partygirl bin«, sagte sie.

Sonia brach in Lachen aus – wie Lise nicht anders erwartet hatte. »Es ist acht Uhr abends, und wir sind noch immer im Büro. Wann, denkt dieser Mann, sollst du noch auf eine Party gehen?«

»Das liegt alles an *deinem* Kleid«, erwiderte Lise. »Darum ist er überhaupt auf diese Idee gekommen.«

»*Und* weil du deine Vorzüge sozusagen ganz offen und direkt zum Ausdruck gebracht hast«, pflichtete Sonia ihr bei.

»Erinnere mich bloß nicht daran.« Lise stöhnte auf und stützte den Kopf in die Hände. »Und weißt du, was das Schlimmste ist?«

»Es gibt noch etwas Schlimmeres?«

»Er hat gesagt, dass es das Beste gewesen sei, was ihm heute widerfahren ist.«

»Weißt du, dieser Kerl klingt in meinen Ohren immer besser. Ich denke, er mag dich. Er ist umwerfend *und* er mag dich.«

»Er denkt, dass ich ein vollkommen unzuverlässiger Mensch bin, ein Partygirl, dem Unterwäsche völlig fremd ist.«

»Siehst du? Das sage ich dir schon die ganze Zeit. Männer stehen wirklich auf so etwas.«

Und ich könnte wirklich auf Steve stehen, schoss es Lise durch den Kopf. Sie glaubte nicht, dass ihr Magen sich schon von dem ersten Mal erholt hatte, als sie in diese fesselnden grünen Augen geblickt hatte. Es war so, als wäre sie Dornröschen, die aufgewacht war und in die Augen des schönen Prinzen schaute.

Abgesehen davon natürlich, dass für Prinzessinnen im Märchen ein strengerer Dresscode galt.

Ihr armer Magen. Sie fürchtete, dass ihr Magen-Darm-Trakt – neben dem Stress und dem Schlafmangel – das unerwiderte Verlangen nach einem Mann, der so gut aussah, dass er eine Frau wie sie keines zweiten Blickes würdigte, wohl kaum überleben würde.

»Er mag solche Frauen, weil er für gewöhnlich auch mit solchen Frauen seine Zeit verbringt. Er ist entweder ein professionelles Model oder ein Surfer, den sie irgendwo am Strand aufgelesen haben. Er steht auf Partys, Mädchen, übernimmt nicht gern Verantwortung ...« Ihr stockte der Atem, als ihr ein entsetzlicher Gedanke kam. »Ich sollte ihm vielleicht besser sagen, dass Drogen absolut verboten sind, während er für uns arbeitet. Kannst du dir vorstellen, was passieren würde, wenn …«

»Weißt du eigentlich, dass du dir viel zu viele Gedanken machst?«

»Danke. Ja. Ich weiß. Aber irgendjemand muss das Leben ja ernst nehmen.«

Sonia zuckte die Achseln. »Ich nicht. Ich habe die Abzüge der Werbeanzeige Korrektur gelesen. Jetzt gehe ich nach Hause. Und du solltest das auch tun.«

»Nur einen Moment noch«, entgegnete Lise und wandte sich schon wieder ihrem Computer zu.

»Ich glaube trotzdem, dass er dich mag.«

»Tja, morgen wird er mein wahres Ich kennenlernen«, sagte Lise, und es versetzte ihr mit einem Mal einen Stich, dass der falsche Eindruck, den Steve von ihr bekommen hatte, revidiert werden und unwiederbringlich verschwinden würde.

»Und was, wenn es nicht so wäre?«, erwiderte Sonia unvermittelt und sah sie mit hochgezogenen Augenbrauen an.

»Wie bitte?« Lise blickte auf und betrachtete ihre Assistentin, die an eine Kommode gelehnt stand und sie musterte. Sonia trug inzwischen wieder ihr eigenes Kleid, da Lise auf dem Rückweg vom

Flughafen zu Hause gehalten und sich umgezogen hatte.

»Ganz einfach. Du brauchst seine Aufmerksamkeit und musst ihn bei Laune halten, um mit ihm arbeiten und ihn auf seine Aufgaben vorbereiten zu können. Er steht auf Partygirls. Und er denkt, dass du ein Partygirl bist. Also warum ziehst du dich nicht weiterhin so an? Es ist nicht schwierig – und offen gesagt würde es dir ausgesprochen guttun, dich wie eine Frau Mitte zwanzig zu kleiden und nicht wie die Leiterin einer Besserungsanstalt.«

»So schlimm ist es nun auch wieder nicht!«

»Wie die mittelalte Leiterin einer Besserungsanstalt.«

Lise atmete tief durch und schüttelte dann den Kopf. »Ich kann darüber im Augenblick nicht nachdenken. Ich muss unseren Terminplan für morgen aufstellen. Hier sind die Skripts für die TV-Spots. Kannst du noch dafür sorgen, dass genügend Kopien davon vorhanden sind, bevor du gehst?«

»Sicher.«

»Danke.« Sie seufzte. »Er mag ein großartiger Surfer sein, aber ich hoffe inständig, dass er auch schauspielern kann.«

»Was dir im Übrigen ebenfalls nicht schaden

könnte«, entgegnete Sonia und nahm das Skript an sich. »Wie wäre es, wenn du mal eine ganz neue Rolle in deinen Spielplan aufnimmst: zum Beispiel die der jungen Frau in der Blüte ihrer Jahre?«

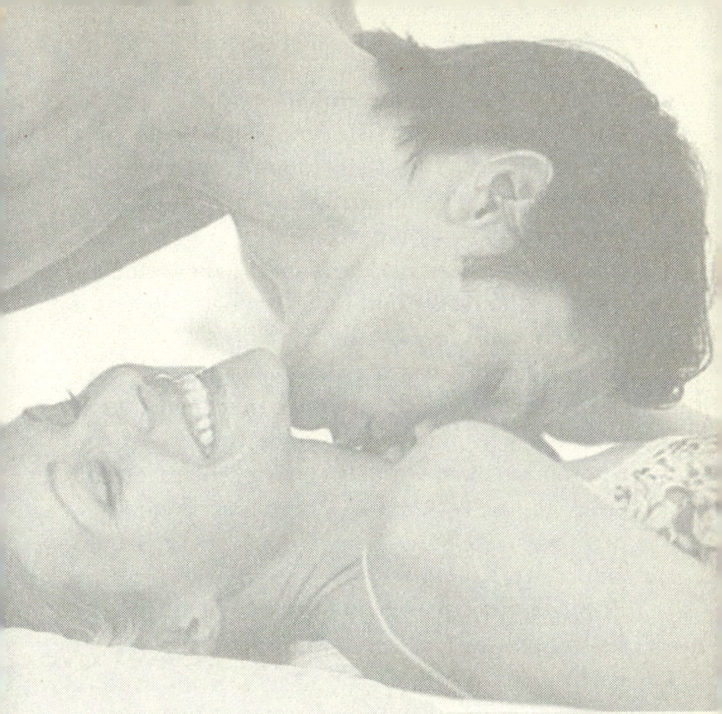

4. Kapitel

Drei Dinge braucht ein Mann down under«, sagte Steve in die Kamera. »Eine heiße Frau, ein eiskaltes Bier und ein *Crane*-Board, mit dem er über die Wellen fliegen kann. Und ein richtiger Mann will das alles auf einmal.«

»Okay. Und nun zwinkern Sie in die Kamera«, sagte Lise so locker und unbekümmert, wie es ihr möglich war.

Doch eigentlich war ihr eher danach, ihren Kopf auf den großen Tisch im Konferenzraum zu legen und einfach loszuheulen. Direkt nach diesem Übungsdurchlauf würde sie ihren Lebenslauf und ein paar gute Bewerbungen verschicken müssen – denn wenn sie diese Probe einmal ganz nüchtern betrachtete, war ihre Karriere so gut wie vorbei.

Es folgte eine so bedeutungsschwere Pause, dass sie spürte, wie ihre Schultern unter dem Gewicht nachgaben.

»Sie wollen, dass ich in die Kamera zwinkere?«

»Ja«, presste sie zwischen zusammengebissenen Zähnen hervor. »So steht es im Skript.« Zu Beginn der Probe war Steve Jackson ziemlich gelassen gewesen, doch statt sich zu verbessern, war seine Performance immer hölzerner geworden. In den letzten vier Takes vor ihrer firmeneigenen Videokamera hatte er nicht ein einziges Mal gezwinkert.

Er funkelte sie an – offensichtlich versuchte er, ihr eine Botschaft zu übermitteln, die sie jedoch nicht verstand.
Sie erwiderte seinen Blick und fragte sich, warum sie nicht Medizin studiert hatte, wie ihre Eltern es sich gewünscht hatten. Sicherlich war es nicht schwieriger, mit Blut, Lymphe und gebrochenen Knochen umzugehen, als mit launischen Models, die nicht für fünf Cent schauspielern konnten.
Tja, diesen Testversuch hatte er so gründlich vermasselt, dass man den heutigen Tag wirklich nicht als Erfolg verbuchen konnte, und Lise fehlten sowohl die Kraft als auch die Nerven, alles noch einmal von vorn zu probieren. Etwas steif erhob sie sich.
»Warum machen wir nicht eine Pause?« Sie lächelte der Kameracrew zu, dem Skriptschreiber, Sonia und sogar Steve. »Steve, wir sollten es noch einmal zu zweit proben, bevor wir es endgültig aufnehmen.«
Er antwortete nicht einmal, sondern nickte nur kurz. Diese knappe Geste empfand sie als unhöflich und selbstherrlich.
Der Mann ist bares Gold wert, ermahnte Lise sich selbst, während sie das Gefühl hatte, ihr Magen würde in Flammen stehen. Jen vergötterte ihn. Jen

glaubte an ihn. Und nun war es *ihr* Job, ihn so zu motivieren, dass er diesen hochgesteckten Erwartungen auch gerecht wurde.

Als alle außer Steve und ihr gegangen waren, schloss sie die Tür.

Sie fasste sich an den Nacken und massierte ihn. Vor Schmerz hätte sie beinahe aufgeschrien. »Okay«, sagte sie. »Lassen Sie es uns noch einmal versuchen.«

»Was ist mit Ihrem Nacken?«, fragte er mit einer Stimme, die den Boden unter ihren Füßen in Schwingungen zu versetzen und ihren ganzen Körper zu erfassen schien. Warum, zur Hölle, konnte er nicht mit diesem wundervollen Timbre sprechen, wenn die Kamera lief?

»Ich bin ein wenig verspannt«, sagte sie mit einem angestrengten Lächeln. Tatsächlich fühlte sie sich so verkrampft, dass sie bezweifelte, jemals wieder den Kopf drehen zu können.

»Ich bin auch ein bisschen verspannt«, gestand er.

Gut. Das war nicht schlecht. Ein Anfang. Er gab zu, dass er nicht gerade gute Arbeit leistete. Sehr schön. Ihn anzuschreien wäre in dieser Situation vermutlich kontraproduktiv. Das alles wusste sie noch aus ihrem Kommunikationskurs, den sie in

Berkeley belegt hatte. Sie hatte beim Lernen all dieser theoretischen Ideen über Kommunikation nur eines noch nicht erlebt: Dass sie einerseits erleichtert war, dass der Sprecher selbst einsah und zugeben konnte, schlecht geschauspielert zu haben, und dass sie ihm andererseits dafür in den Hintern treten wollte.

Atme, ermahnte sie sich selbst, doch sie fühlte sich, als wären ihre Lungen unfähig, Luft aufzunehmen.

»Kann ich denn irgendetwas tun, damit Sie sich ein bisschen entspannen?«, fragte sie schließlich mit einem süßlichen Lächeln. Sie war sich sicher – selbst wenn die Antwort »Besorgen Sie mir ein paar Schlampen mit Peitschen ...« lautete, würde sie ihr Bestes tun, um ihm auch diesen Wunsch zu erfüllen. Sie spürte, dass ihr Job, dass ihre gesamte Zukunft von ihm abhing.

»Ja, Sie könnten Ihre Jacke ausziehen.«

Abrupt blickte sie auf und runzelte die Stirn. »Entschuldigen Sie bitte.«

»Ich weiß auch nicht, was genau es ist.« Er zuckte die Schultern, doch sie bemerkte, dass er genauso angespannt war wie sie selbst. »Ich mag keine Anzugträger. Jeder hier im Raum außer mir trägt einen Anzug.«

Er deutete an sich herab, und sie nickte. Er trug in der Tat keinen Anzug. Er trug eine Jeans, die schon so alt und abgewetzt war, dass sie aussah, als wäre sie mit seinem Körper verwachsen – sie saß perfekt. Dazu hatte er Boots an und ein T-Shirt, das für ein Rugbyteam warb, von dem sie noch nie zuvor etwas gehört hatte.

Er sah natürlich aus, gefährlich und einfach zum Anbeißen. Und er machte sich Sorgen, weil er keinen Anzug trug?

»Niemanden interessiert, was Sie anhaben, Steve. Das hier ist nur eine Probe. Ich dachte, Sie wüssten das?«

»Ja. Ich weiß. Aber versetzen Sie sich doch einmal in meine Lage. Ich komme hier im T-Shirt an, und alle anderen sehen aus, als wären sie gerade einem Modekatalog entsprungen. Sogar Sie. Das kann einen Kerl schon ein bisschen aus der Fassung bringen.«

Sie blinzelte. »Wollen Sie mir sagen, dass Sie Ihren Text verpatzt haben, weil Ihnen nicht gefällt, wie die anderen Leute hier gekleidet sind?«

»Ja.« Pause. »Tja, und der Text ist schlecht.«

»Natürlich ist der Text schlecht, Steve. Das ist Werbung. Wenn Sie eine *Beat-Poetry*-Lesung wollen, müssen Sie woandershin gehen. Ich empfehle das *Fillmore Auditorium* in der Nähe vom Union Square.«

Kaum hatte sie die Worte ausgesprochen, biss sie sich auf die Zunge. Er wusste bestimmt nicht, wovon sie sprach, und ihr Sarkasmus half niemandem.

Doch zu ihrer grenzenlosen Überraschung lachte er. »Ich weiß nicht, wie viele Surfboards Sie verkaufen, wenn Sie Allen Ginsbergs *Howl* rezitieren lassen. Aber es würde ganz sicher die Aufmerksamkeit der Zuschauer fesseln, dieses doch ziemlich … unanständige Gedicht im Fernsehen vorzutragen, oder?«

»Richtig«, stimmte sie schwach zu. Wahrscheinlich hatte er seinen Reiseführer besonders gründlich studiert und war dabei zufällig auf einen Artikel über Allen Ginsberg, einen der bedeutendsten Dichter der Beat Generation, gestoßen. Trotzdem hatte er sie für einen Augenblick beeindruckt.

Er beeindruckte sie noch mehr, als er nun sagte: »Ich nehme an, dass die Situation für Sie auch nicht leicht ist. Also gut. Lassen Sie es uns noch mal versuchen.«

»Sind Sie sicher?«

»Ja.«

»Großartig. Dann bitte ich die anderen wieder herein.«

Sie ging zur Tür des Konferenzzimmers. Doch plötzlich stellte er sich ihr in den Weg und versperrte den Eingang. Sein Körper war so groß und durchtrainiert, dass sie sich mit einem Mal furchtbar klein und schwach vorkam.

»Nein. Ich will nur Sie allein.«

Die Worte hallten in ihrem Kopf wider, und sie wünschte sich so sehr, dass sie wahr wären. Dieser Mann würde verdammt viele Surfboards verkaufen, wenn sie nur einen Weg finden würde, um ihn dazu zu bringen, seinen gesamten Text so verführerisch zu betonen wie die Worte: »Ich will nur Sie allein.«

Sein T-Shirt fühlte sich vom vielen Waschen weich an und duftete leicht nach Seife und sexy Mann und etwas Fremdem, Exotischem, das – wie sie annahm – Australien war. Sie musste den Kopf etwas in den Nacken legen, um seinen Blick zu erwidern.

»Sie werden die Zeilen vorlesen, wie sie im Skript stehen, wenn ich mit Ihnen allein probe?«

»Ja.«

»Inklusive des Zwinkerns?«

Er rieb sich das Kinn, und sie nahm eine Spur des Humors wahr, den sie schon am Tag zuvor bemerkt hatte. »Über das Zwinkern können wir reden.«

Natürlich hätte sie ihn anschreien und ihm sagen können, dass das Zwinkern vertraglich festgelegt war und dass er verdammt noch mal dazu verpflichtet war zu zwinkern – aber das Blitzen seiner Augen faszinierte sie und lenkte sie ab, und außerdem wollte sie noch länger hier ganz nah bei ihm stehen, wo Sex und Hitze regierten und wo alles möglich schien.

»Sie wollen über das Zwinkern verhandeln?«, fragte sie und bemühte sich, ihrer Stimme einen festen, aber einfühlsamen Klang zu verleihen.

»Ja.«

»Ich verstehe. Was sind Ihre Bedingungen?«

»Ziehen Sie Ihre Jacke aus.«

Sie blinzelte. Sogar ein einfaches »Hä?« bekam sie in diesem Moment nicht über die Lippen.

»Gestern haben Sie irgendwie ... ich weiß auch nicht ... irgendwie aufgeschlossener gewirkt. Ich dachte, dass ich wüsste, wer Sie sind, und mir gefiel, was ich gesehen habe. Aber heute stecken Sie in diesem Kostüm, und Ihr Haar ist ...« Er deutete auf den Knoten in ihrem Nacken. »... anders. Vorher haben Sie mir besser gefallen.«

Nun, sie hätte ihm sagen können, dass sie am Tag zuvor in den Klamotten einer anderen Frau gesteckt hatte. Und sie hätte erklären können, dass sie ihr Haar zu einem Knoten gesteckt hatte, weil sie bis Mitternacht im Büro gewesen war, um sicherzustellen, dass für den Probedurchlauf am heutigen Morgen alles in Ordnung war (den Probedurchlauf, den er vermasselt hatte), so dass sie keine Zeit gehabt hatte, ihr Haar zu stylen, und es einfach direkt nach dem Duschen nass zusammengebunden hatte.

Oder sie konnte mitspielen.

Sie bezweifelte, dass sie in ihrem Kommunikationskurs in Berkeley solche Eventualitäten behandelt hatten – dies war doch ein reichlich unorthodoxer Weg, um Filmaufnahmen für einen Werbespot zu machen.

»Also«, sagte sie und ignorierte das Ziehen in ihrem Magen, »wenn ich meine Jacke ausziehe, werden Sie zwinkern?«

»Nee. Wenn Sie Ihre Jacke ausziehen, werde ich diesen bescheuerten Text anständig vorlesen. Wie ich schon gesagt habe, müssen wir über das Zwinkern noch verhandeln.«

»Sie haben mir noch nicht die Bedingungen verraten.«

Er lächelte nicht. Seine Lippen bewegten sich nicht, und doch stand ein teuflisches Grinsen in seinen grünen Augen. »Darüber werde ich im weiteren Verlauf entscheiden – je nachdem, wie sich die Dinge entwickeln.«

»Tja«, stieß sie hervor. »Ich gehe aber nur bis hierhin und nicht weiter.«

Ihre Worte schienen um sie herum widerzuhallen und der sexuellen Spannung, die immer herrschte, wenn er in der Nähe war, nur noch mehr Nahrung zu geben.

Ohne die Augen von ihr zu wenden, murmelte er: »Was, wenn *ich* will, dass Sie weiter gehen?«

Sie konnte dem Drang nicht widerstehen, den prickelnden Empfindungen, die über ihre Haut jagten, nachzugeben und ein Spiel mitzuspielen, in dem sie noch nie sonderlich gut gewesen war.

Denn wenn sie sich nicht komplett irrte, flirtete der umwerfendste Mann, den sie je kennengelernt hatte, gerade mit ihr.

Und es gefiel ihr.

Die Herausforderung war da, in dem Feuer, das ganz unverhohlen in seinen grünen Augen loderte.

Statt ihm zu antworten, schlüpfte Lise wortlos aus ihrer Jacke. Sie spürte, wie der Stoff über ihre nackten Arme glitt, und hängte den Blazer über die Lehne eines Stuhls. Darunter trug sie ein ärmelloses weißes Seidentop. Nie zuvor hatte sie es als besonders sexy empfunden, aber als Steves Blick nun zu ihren Brüsten glitt, fühlte sie sich mit einem Mal wie die begehrenswerteste Frau der Welt.

Plötzlich erinnerte sie sich wieder an den Moment, als er am Tag zuvor ihre Brust gesehen hatte, die aus Sonias Kleid hervorgeblitzt war, und daran, dass sie diesen völlig Fremden gewollt hatte. Und in seinen Augen las sie jetzt dieselbe Botschaft.

Sie schluckte und zog sich zurück, heraus aus dem gefährlichen Bereich seines unwiderstehlichen Charmes, um die Videokamera neu zu starten. Sie spürte, wie er ihr mit seinen Blicken folgte, und ihr Körper hatte sich noch nie so grazil und so verführerisch angefühlt.

Steve ging zurück ans Ende des Raumes, wo er zuvor gestanden hatte, und wiederholte seinen Text.

»Also«, sagte sie vorsichtig, »das war schon besser.« So wie eine Tiefkühlsuppe besser war als ein Gericht aus der Konservenbüchse – aber eben noch nicht annähernd so gut wie der Geschmack einer frisch zubereiteten, selbst gemachten Suppe, den Jen ihr versprochen hatte.

»Dann hat der kleine Motivationsschub wohl nicht ausgereicht«, erklärte er.

»Wieso? Ich habe meine Jacke doch ausgezogen«, erwiderte sie knapp.

»Ich brauche aber mehr.«
Er machte einen Schritt auf sie zu, und sie fasste insgeheim den Entschluss, ihn zu verprügeln, falls er versuchen sollte, ihr noch mehr Kleidungsstücke auszuziehen. Aber er griff nur an ihrem Kopf vorbei und löste ihre Haarspange.
Mit einem kleinen erschreckten Aufkeuchen nahm sie wahr, wie ihr Haar voll und weich um ihr Gesicht floss und auf ihre Schultern fiel. Unwillkürlich hob sie die Hand, um es glattzustreichen. Ihr Haar musste völlig zerzaust sein – schließlich hatte sie es hochgesteckt, als es noch feucht gewesen war.
»Lassen Sie das«, sagte er und hielt ihre Hand fest. »Ich mag es so.«
Wieder ging er an das Ende des Zimmers. Dieses Mal lehnte er sich vor und stützte sich auf der Kante des Konferenztisches ab. Einmal mehr fiel ihr seine Stärke, seine Kraft auf. Er blickte sie an, als wäre sie die einzige Person auf der ganzen Welt, und sagte: »Drei Dinge braucht ein Mann down under.« Er hielt inne, als ob er sie in ein großes Geheimnis einweihen wollte. »Eine heiße Frau, ein eiskaltes Bier und ein *Crane*-Board, mit dem er über die Wellen fliegen kann.«
Lise war fasziniert. In ihren wildesten Träumen

hätte sie nicht geglaubt, dass er zu so etwas fähig war.

Erneut machte er eine Pause und trat dann einen kleinen Schritt nach vorn, als ahnte er instinktiv, dass an dieser Stelle eine Nahaufnahme erfolgen würde. »Und ein richtiger Mann will das alles auf einmal.«

Sie wusste genau, was er gesagt hatte, aber in ihren Ohren klang es wie: »Sie sind die schönste Frau der Welt, und ich will Sie.« Jedes einzelne Wort fühlte sich an, als hätte er es nur für sie gesagt. Und in der Tat verspürte sie, nachdem er aufgehört hatte zu reden und Schweigen herrschte, das dringende Bedürfnis, sofort loszulaufen und sich ein *Crane*-Board zu kaufen.

»Das war viel, viel besser«, stieß sie hervor.

Er hob eine Augenbraue, und sie dachte noch einmal über den Take nach. »Es fehlte nur noch eine Kleinigkeit«, bemerkte sie. Sie hatte so viel Spaß, dass ihr Magen gar nicht mehr schmerzte. Es schien ein Spiel zwischen ihnen beiden zu sein – ein Spiel, dessen Regeln sie allerdings nicht kannte. Aber im Augenblick war ihr das egal. Sie würde ebenfalls im weiteren Verlauf entscheiden, wie weit sie zu gehen bereit war. »Sie haben vergessen, in die Kamera zu zwinkern.«

»Ach, für ein Zwinkern muss ich das Gefühl haben, tatsächlich jemandem zuzuzwinkern. Aus einem besonderen Grund. Ich bin schließlich kein ausgebildeter Schauspieler.«

»Das leuchtet mir ein«, pflichtete sie ihm bei. »Woran hatten Sie dabei gedacht? Also, welches Motiv könnte dahinterstecken?«

»Tja, ich könnte zum Beispiel gerade eine hübsche Frau geküsst haben. Und danach zwinkere ich ihr zu.«

Ihr Hals fühlte sich mit einem Mal trocken an, während ihre Lippen feucht, taubenetzt zu sein schienen – sie konnte kaum glauben, dass beide zu ihrem Körper gehörten.

»Ja«, gab sie heiser zurück. »Ich kann mir vorstellen, wie Sie einer Frau zuzwinkern, die Sie gerade geküsst haben.«

»Einer wunderschönen Frau«, ergänzte er, trat näher an sie heran und legte ihr eine Hand in den Nacken.

Sie spürte, wie seine Finger durch ihr Haar fuhren, und ihr, oh, so schwerer Kopf schien sich ganz von selbst nach hinten zu neigen.

Der pochende Schmerz, der sie seit Tagen nicht losgelassen hatte, ließ plötzlich nach. Sie schloss die Augen und öffnete ganz leicht die Lippen.

Und Steve Jackson, der traumhafteste Mann der Welt, küsste sie.
Es war ein einfacher Kuss. Seine Lippen lagen warm und sicher auf den ihren. Keine Zunge, kein Aneinanderschmiegen, nur ein Kuss.
Aber warum, zur Hölle, hatte sie dann das Gefühl, dass er sie um den Verstand brachte und dass ihre Temperatur geradezu dramatisch anstieg? Warum musste sie ihrer Zunge befehlen, in ihrem Mund zu bleiben, und ihren Körper ermahnen, sich nicht zu offensichtlich hingebungsvoll an ihn zu schmiegen?
Er löste sich von ihr und ging zurück auf seine Position, während sie sich wieder hinter die Videokamera stellte und nur hoffen konnte, dass ihre Hände nicht zitterten.
Steve sah sie direkt an und sprach seinen Text. Und dann zwinkerte er. Dieser Blick ging Lise durch und durch. Sicherlich war es ein bisschen kitschig. Aber das war ihr egal. Wenn Steve Jackson einer Frau zublinzelte, fühlte diese Frau sich angesprochen. Mehr noch – sie fühlte sich wichtig, sexy, begehrt.
Im Zimmer war es so still, dass Lise das Surren der Videokamera hörte, den Verkehr unten auf der Market Street und sogar das leise Summen der Klimaanlage.

»Das war großartig, Steve. Ich denke, für heute haben wir genug.«

»Gehst du heute Abend mit mir aus?«, fragte Steve, und sie beobachtete versonnen, wie die Lippen, die sie gerade geküsst hatten, die Worte formten.

Doch als ihr bewusst wurde, was er gesagt hatte und wie erwartungsvoll er sie ansah, hatte die Realität sie mit einem Schlag wieder.

Er hielt sie für ein Partygirl! Was, um alles in der Welt, sollte sie bloß mit ihm unternehmen?

Sie war keine lässige Frau, die gern Partys feierte und der ständig umwerfende Männer zuzwinkerten.

Sie war eine vierundzwanzigjährige Geschäftsfrau, die mehr mit einer doppelt so alten Jungfer gemein hatte, als gut für sie war.

Sonias geborgte Federn hätten keinen falscheren Eindruck von dem Vogel erwecken können, der sie in Wirklichkeit war.

Andererseits wusste Steve das nicht. Und er würde nicht lange genug bleiben, um die ganze Wahrheit herauszufinden.

Sie hatte vielleicht nicht die größte Erfahrung, aber selbst sie spürte, wenn knisternde Erotik in der Luft lag. Für gewöhnlich würdigte ein Mann wie Steve Jackson eine Frau wie sie keines zweiten

Blickes, doch er glaubte nun einmal, dass sie genau seinem Typ entsprach. Und ein paar Wochen lang würde sie gern erforschen, wie es sein könnte, von so jemandem begehrt zu werden.

Also blinzelte sie, holte tief Luft und nahm die Herausforderung an, der Vogel zu sein, den Sonias Federn versprachen – wenigstens für einige Wochen.

»Ja«, sagte sie mit einer Lässigkeit, die sie selbst überraschte. »Ich würde sehr gern mit dir ausgehen.«

»Großartig.« Sein Lächeln war so warmherzig, dass sie praktisch dahinschmolz.

»Ich muss allerdings vorher noch, äh, einiges erledigen.«

»Kein Problem. Ich werde mich noch ein bisschen umsehen. Gestern war ich etwas müde, so dass ich doch nicht alles besichtigen konnte.«

»Richtig. Natürlich. Wie ist es denn heute mit dem Jetlag?« Er sah so gut und so frisch aus, dass sie schlicht vergessen hatte, danach zu fragen.

»Oh, es ist alles vollkommen in Ordnung. Um wie viel Uhr soll ich kommen und dich abholen?«

O nein. Das Letzte, was sie wollte, war, dass er zu ihr nach Hause kam. Ihr Apartment entsprach so gar nicht dem, was man von einem Partygirl erwartete. Tatsächlich ähnelte es, wenn sie ehrlich war, doch eher einem Büro als einem Zuhause. Mit ihrem Computer im Wohnzimmer und den Ikea-Regalen, auf denen sich jede Menge Bücher und Videos stapelten, ließ die Wohnung keinen Zweifel daran aufkommen, wie es wirklich um ihr Sozialleben bestellt war.

»Ich werde dich abholen. Das ist einfacher.«

»Gut. Ich überlasse es dir, wohin wir gehen, okay? Ich kenne das Nachtleben ja noch nicht.«

Und er glaubte wirklich, dass sie sich damit auskannte?

»Absolut. Überlass nur alles mir.«

5. Kapitel

In dem Moment, als Lise Steve zum Fahrstuhl gebracht hatte und die Türen sich hinter ihm geschlossen hatten, fiel ihre »Ich-weiß-genau-was-ich-tue«-Haltung in sich zusammen, sie machte auf dem Absatz kehrt und rannte zu Sonia.

»Hilfe!«, stieß sie hervor, als sie keuchend vor dem Schreibtisch ihrer Freundin stand.

»Steht das Gebäude in Flammen?« Sonia wirkte besorgt und hielt bereits den Griff der Schreibtischschublade, in der sie ihre Tasche aufbewahrte, in der Hand.

»Was? Nein. Dem Gebäude geht es gut. Etwas viel, viel Wichtigeres ist passiert.« Sie hielt kurz inne, um Luft zu holen. »Steve Jackson hat mich gefragt, ob ich mit ihm ausgehe.«

»Aber das sind doch gute Neuigkeiten. Warum siehst du dann so aus, als wärst du in heller Panik?«

»Weil ich in heller Panik *bin!* Ich weiß weder was ich anziehen noch wohin ich mit ihm gehen soll!« Sie bewunderte die geheimnisvolle Anziehungskraft, die von Sonia ausging – zusammen mit einem Hauch sinnlichen Parfüms. »Ich weiß nicht, wie ich *du* sein soll.«

»Tja, *chica,* ich bin nicht diejenige, die er um ein Date gebeten hat. Und glaube mir, ich habe ihm *je-*

des Mal zugezwinkert, wenn er an mir vorbeiging.« Sie zuckte ihre nackten Schultern. Die Träger des aufreizenden Kleides, das diese südländische Sexgöttin heute trug, rutschten kurz hoch, wobei sie das beeindruckende Dekolleté ein wenig anhoben.
»Er mag dich.«
Aus irgendeinem Grund fühlte Lise sich jetzt eher schlechter als besser. Wenn Steve Jackson sie einer anziehenden und sinnlichen Frau wie Sonia vorzog, musste er sie für *noch* wilder halten. Eines war sicher – dieses Date würde sie niemals überstehen. Unwillkürlich griff sie sich an den Magen. »Maaloxan. Ich brauche Maaloxan.«
»Würdest du dich bitte entspannen? Du bist das reinste Nervenbündel. Wenn du mich fragst, ist eine Affäre mit einem sexy Adonis das Beste für dich.«
»Aber ich weiß doch gar nicht, wohin ich mit ihm gehen soll. Ich hasse Klubs und Partys. Viel zu laut. Ich weiß nicht, wie ich wild und frei sein soll. Ich war schon mein ganzes Leben lang ernst, konzentriert und zielstrebig«, jammerte sie.
»Und jetzt sieh dir an, wohin es dich gebracht hat. Schmerztabletten und magensäurebindende Säfte gehören zu deinen zwei Hauptnahrungsgruppen. Dein Leben ist viel zu stressig. Und Sex«, erinnerte

Sonia sie in einem belehrenden Tonfall, »ist der beste Stresskiller, den ich kenne.«
»Wenn ich nicht sogar zu gestresst bin, um überhaupt Sex zu haben.«
»Da ist etwas Wahres dran.« Nachdenklich ließ Sonia sich in ihren Sessel sinken. »Okay«, sagte sie nach einer Weile. »Hier ist der Plan: Wir gehen jetzt einkaufen, besorgen dir Klamotten, die du im Büro niemals anziehen würdest, und lassen dir die Haare, die Nägel und das Make-up machen.«
Lise warf einen Blick auf ihre Uhr. »Ich hoffe, du meinst mit ›jetzt‹ nicht heute. Ich kann nämlich unmöglich freimachen, wenn ich so unglaublich viel zu tun habe.«
»Sag mir einen Tag, an dem du nicht unglaublich viel zu tun hast.« Sonia machte eine vielsagende Handbewegung Richtung Lises Büro.
Lise hätte schwören können, den Computer auf ihrem Schreibtisch ungeduldig und beinahe vorwurfsvoll summen zu hören.
»Die Arbeit läuft dir nicht weg, und morgen ist auch noch ein Tag«, sagte Sonia.
Sie hatte recht. Und vom Kopf her war Lise das auch klar. Sie war viel zu fixiert auf ihre Arbeit, viel zu angespannt und fast schon besessen davon, dass für jede Kampagne alles reibungslos lief.

Und wenn sie eine Kampagne abgeschlossen hatte, machte sie sich noch weiteren Stress, indem sie verfolgte, wie die Produkte, die sie beworben und vermarktet hatte, sich verkauften: Hatte die Markenentwicklung funktioniert? Verbreiteten die Medien gute oder schlechte Neuigkeiten über die Produkte?

Wenn ein Produkt sich gut verkaufte, machte sie sich Sorgen, dass es sich nur um eine kurze Glückssträhne handelte und die Verkaufszahlen bald einbrechen würden. Lief das Produkt nicht gut – nun, dann musste sie von den rezeptfreien Magenmitteln auf etwas umsteigen, das der Arzt ihr verschrieb. Und sogar ihr Arzt hielt ihr mittlerweile Vorträge über zu viel Stress.

Alles in allem war also nichts dagegen einzuwenden, dass sie sich ganz unverbindlich mit einem hübschen Surfer traf, und mal beobachtete, was dann mit ihrem Stresslevel geschah. Und wenn es bedeutete, einige Stunden in ihr äußeres Erscheinungsbild zu investieren, würde sie das in Kauf nehmen. Schließlich, beruhigte sie sich, stahl sie der Firma ja keine Arbeitszeit. Steve Jackson war der entscheidende Faktor einer der aufregendsten und anspruchvollsten Kampagnen, an der sie je gearbeitet hatte. Die Stunden, die sie an diesem

Nachmittag freimachte, konnte sie wieder ausgleichen, indem sie beim Abendessen über Steves Rolle in der Werbung für *Crane* sprach. »Okay. Also, ich höre?«
»Du führst ihn zum Essen aus. Du nimmst andauernd an diesen Arbeitsessen teil. Es ist also kein Neuland für dich.«
Augenblicklich fühlte Lise sich ruhiger. Natürlich würde sie ein Abendessen überstehen – sie ging regelmäßig mit Kunden gut essen. »Okay. Dinner. Und dann?«
»Dann schlägst du einen Schlummertrunk in seinem Hotel vor. In der obersten Etage des Hotels gibt es eine nette Bar. Viele Leute, die Spaß haben wollen, gehen dorthin.«
»Wirklich? Du auch?«
»Sicher. Und anschließend kannst du entscheiden, ob du ein paar Stockwerke tiefer in seiner Suite weitermachen willst oder nicht. Kinderleicht.«
»Mit Kindern kann ich nicht besonders gut umgehen …« Lise war sich ziemlich sicher, dass allein diese Tatsache bereits ein schlechtes Vorzeichen war: Dieses »Date-aus-dem-vielleicht-eine-heiße-Affäre-wird«-Ding würde ihr nicht leichtfallen.
Na ja, allerdings war sie auch nicht gerade eine Einsiedlerin oder eine Nonne. Sie hatte einfach

nur eine *kleine* Pause eingelegt, was Männer, Spaß oder Sex anging. Für ein paar Monate … Zwölf Monate, um genau zu sein … Was sie an ein weiteres Problem erinnerte.

Sie räusperte sich. »Ich bin mir nicht sicher, ob ich noch weiß, wie man Sex hat.«

»Das kommt von ganz allein zurück«, entgegnete Sonia mit der Überzeugung eines Menschen, der nie länger als eine Woche ohne Sex auskommen musste. »Du erinnerst dich aber noch an Safer Sex?«

Lise verdrehte die Augen. »Ja.«

»Bring selbst Kondome mit und benutze sie auch.«

Großartig. Jetzt musste sie nicht nur Kleidung kaufen, die der Frau entsprach, die sie gern wäre, sich die Haare, das Make-up und die Nägel machen lassen, sondern auch noch einen Besuch in der Kondomerie dazwischenquetschen.

Ganz sicher war ein Dinner mit einem Mann diesen ganzen Aufwand nicht wert.

Doch dann sah sie sich noch einmal das letzte Filmmaterial von Steves Probedurchlauf für den Werbespot an, und ihre Knie wurden weich. *O ja.* Er war es wert …

Und so fand sich Lise ein paar Stunden später vor Steves Tür wieder. Sie trug das einzige Kleid, auf das Sonia und sie sich hatten einigen können. Ein Kleid, das sexy genug für Sonia war und akzeptabel für sie: ein roséfarbenes Wickelkleid aus einem weich fließenden Stoff mit Blumenmuster. Es hatte einen V-Ausschnitt, der jedoch nicht zu freizügig war, und der weiche Stoff umschmeichelte ihre Figur. Und, wie Sonia ihr zuvorkommend erklärt hatte: Mit einem Zug an der Schleife ließ es sich problemlos ganz schnell ausziehen.

Dazu trug sie Riemchensandalen in Rosé, wobei jedoch die Hacke so hoch war, dass Lise das Gefühl hatte, jeden Moment nach vorn zu fallen. In einer absurd kleinen Tasche, in die weder ihr elektronischer Terminplaner noch ihr Handy passte, befanden sich ihre Geldbörse, Lippenstift, Pfefferminzbonbons, Hausschlüssel und – ganz unten in der Tasche – drei brandneue Kondome.

Sie holte tief Luft und erinnerte sich selbst daran, dass dies ihre Chance war, das Leben ein paar Wochen lang voll auszukosten – in einer so kurzen Zeit konnte eigentlich nichts Dramatisches schiefgehen. Und selbst wenn er sie morgen fallenlassen würde – wovon sie einmal ausging –, hätte sie hoffentlich wenigstens die Erfahrung gemacht, mit dem attraktivsten Mann zu schlafen, den sie je kennengelernt hatte.

Sie klopfte an die Tür, wünschte sich, sie hätte – als Sonia gerade nicht hingesehen hatte – wenigstens eine Packung Magentabletten in die Tasche gesteckt, und wartete. Eine Ewigkeit schien zu vergehen, und nichts geschah.

Vielleicht hatte er sie nicht gehört. Sie klopfte noch einmal – lauter dieses Mal.

Die Tür ging auf, und Steve stand in einem hoteleigenen Bademantel vor ihr.

Verwirrt blinzelte sie ihn an.

Ihr Blick fiel auf seinen Oberkörper, der so perfekt und durchtrainiert war, dass sie beinahe aufgestöhnt hätte. Und ihr schoss durch den Kopf, dass ein Griff an den Gürtel seines Bademantels genügte, um ihn genauso schnell nackt dastehen zu lassen wie sie, wenn sie an ihrer Schleife zog.

Abrupt sah sie auf. *Moment mal.* Sie spielte hier vielleicht gerade die Rolle eines Partygirls, aber ganz sicher nicht die eines Callgirls.

Hatte sie seine Bitte so gründlich missverstanden? Und hatte er sie so vollkommen falsch eingeschätzt?

»Was …«, begann sie, während sie noch immer im Flur stand und fühlte, wie die Erwartungen an diesen Abend dahinschwanden.

Er wurde rot. Der attraktivste Mann, den sie je gesehen hatte, wurde rot und wirkte unsicher. »Ich weiß nicht, was ich anziehen soll«, murmelte er. »Kannst du mir behilflich sein?«

Mit einem Schlag ging es ihr besser als in den letzten paar Stunden. Steve so verunsichert zu erleben machte sie im Gegenzug ein bisschen mutiger. *Natürlich!* Ihr war gar nicht in den Sinn gekommen, dass ein Mann, der den größten Teil seines Lebens auf einem Surfbrett verbracht hatte, Schwierigkeiten damit hatte auszuwählen, was er zu einem Dinner anziehen sollte. »Sicher«, sagte sie. *Ha* – als wäre sie Expertin auf dem Gebiet.

Sie folgte ihm in die Suite und konnte durch die geöffnete Tür sehen, dass überall im Schlafzimmer verstreut Klamotten lagen. Es sah aus, als hätte er einen Wutanfall bekommen und alles durcheinandergeworfen.

»Was trägst du denn zu Hause, wenn du ausgehst?«, fragte sie. Sydney unterschied sich bestimmt nicht so sehr von San Francisco, oder?

»Meine Jeans, meine Boots und ein T-Shirt.«

Augenblicklich fühlte sie sich besser. »Dann zieh das an.«

»Aber ich will gut für dich aussehen.«

Kein Problem, wie er sagen würde. »Das ist schon okay. Es ist besser, wenn man sich wohl fühlt.«

Er schnaubte verächtlich. »Fühlst du dich denn in diesen Schuhen wohl?«
»Nein.« Ein ganz entschiedenes Nein! Sie glaubte, spüren zu können, wie sich an ihrem kleinen Zeh, der scheußlich in den engen Schuh gepresst wurde, bereits ein Hühnerauge bildete.
»Tja dann. Ich kann keine Jeans tragen, wenn du so schick gekleidet bist.«
Ihr kam eine Idee, die Sonia ganz sicher gehasst hätte. Ach, zur Hölle mit Sonia. Teil von Lise Atwaters Job war es, Steve glücklich zu machen und bei Laune zu halten. Wenn er beim Dinner eine Jeans tragen wollte, musste sie sich ihm anpassen. Sonia mochte ihre Idee vielleicht für furchtbar halten, aber ihre Zehen wären ihr ganz sicher auf ewig dankbar. »Ich habe Sportklamotten im Auto. Shorts, ein T-Shirt und Sneakers.« Und Gott sei Dank war alles frisch gewaschen, da sie seit langem keine Zeit mehr fürs Fitnessstudio gehabt hatte.
Er wirkte so erleichtert, dass sie lachen musste. »Ich laufe schnell nach unten und hole die Sachen. Bin gleich wieder da.«
Und so zog sie das neue Kleid gerade einmal eine Stunde, nachdem sie es angezogen hatte, schon wieder aus – allerdings nicht aus dem Grund, den sie sich erträumt hatte.

Tja. Zumindest ihre Frisur und ihr Make-up sahen noch gut aus, fand sie, als sie aus dem großen Badezimmer in die Suite zurückkehrte.
Er musterte sie von Kopf bis Fuß, und sie hätte schwören können, dass sein Blick warmherziger war, als zu dem Zeitpunkt, als sie noch das schicke Kleid getragen hatte.
Steve trug die Jeans, die er so liebte, und ein T-Shirt, das für etwas mit unzähligen X im Namen warb, bei dem es sich offenbar um ein Bier handelte.
»Wenn du ein Produkt bewerben willst, solltest du *Crane Casuals* tragen«, sagte sie.
Er drehte sich um und zog ein Gesicht, als hätte er gerade in etwas Verschimmeltes gebissen. »Hast du dir die Klamotten mal angesehen? Wenn ich wie eine tropische Frucht aussehen möchte, schnalle ich mir eine Ananas auf den Kopf.«
Sie versuchte, nicht zu grinsen. »Die Kleider sind gar nicht so bunt. Und die Marketingexperten glauben, dass die Klamotten der Renner sein werden, wenn wir mit der Markteinführung begonnen haben«, erklärte sie.
»Macht es dir etwas aus, wenn wir heute Abend einmal nicht über das Geschäft sprechen? Ich weiß, dass wir es eigentlich sollten, aber ich hätte wirklich gern einen Abend frei.«

»Tut mir leid.« Wann war der Job für sie das Wichtigste im Leben geworden? »Manchmal lasse ich mich ein bisschen hinreißen und übertreibe es. Trag dein Bier-T-Shirt.«

»Gut. Lust auf einen Drink, bevor wir losgehen?«

Nun, einerseits hatte sie schon Lust, aber andererseits auch wieder nicht. Es war so schön, hier ganz allein mit ihm zu sein – und es war so beängstigend, hier ganz allein mit ihm zu sein. Im Übrigen war er noch nie zuvor in den Staaten gewesen und wollte bestimmt das Nachtleben kennenlernen. Sie musste wie ein Mensch denken, der gern Partys feierte, oder sie würde diesen Abend ruinieren und damit die mögliche Affäre vermasseln, bevor sie überhaupt angefangen hatte.

»Nein danke. Vielleicht wenn wir später wiederkommen.« Als sie begriff, was sie gerade gesagt hatte, wurde sie dunkelrot. »Ich meinte …«

Er lachte leise, ging langsam auf sie zu und legte ihr einen Arm um die Schultern. Diese Geste war freundlich und auch … nicht. Sie wurde das Gefühl nicht los, dass seine Gedanken über den Verlauf des Abends ihren eigenen Vorstellungen sehr nahekamen. »Lass uns was essen gehen.«

Als sie zur Tür gingen, bemühte sie sich, auf keinen Fall durch die offene Schlafzimmertür auf das riesige Bett zu sehen, das plötzlich wie von Geisterhand von den herumliegenden Klamotten befreit war. Ein Mann machte sich eigentlich nicht die Mühe, sein Schlafzimmer aufzuräumen – außer natürlich …

Ein Buch auf dem Couchtisch fesselte ihre Aufmerksamkeit. Sie erkannte das Cover. Ungläubig blinzelte sie ein paarmal. Was machte denn Platons *Der Staat* auf Steve Jacksons Couchtisch? Und was noch seltsamer war: Was machte eine Touristenbroschüre für San Francisco als Lesezeichen in dem Buch?

War es möglich, dass ihr Surfer Philosophiebücher las?

6. Kapitel

Lise benahm sich sehr seltsam. Beinahe so, als würde sie das zum ersten Mal machen. Ging sein Partygirl möglicherweise gar nicht auf Partys?

Was auch immer es war, ihm gefiel Lise besser in anständigen Laufschuhen als in diesen hochhackigen Dingern, in denen sie kaum laufen konnte. Da er schon mehr als nur einen flüchtigen Eindruck von ihrem Oberkörper bekommen hatte, war er erfreut, dass ihre Shorts ein bisschen zu kurz geraten waren und er viel von ihren schönen Beinen sehen konnte. Sie waren lang und schlank, was zu Lise passte, und sie waren blass, als ob sie sie entweder mit viel Sonnenmilch einschmierte oder sie nicht oft dem direkten Sonnenlicht aussetzte.

Er fragte sich, welche der beiden Möglichkeiten wohl am ehesten zutraf.

Während sie im Lift nach unten fuhren, schien Lise genauso gedankenverloren zu sein wie er. Und obwohl sie kein Wort sprachen, entging ihm nicht das Glühen ihrer Wangen oder die Art, wie sich ihre kleinen Brüste unter dem T-Shirt, das interessanterweise kein Sportlogo zierte, beim Atmen hoben und senkten. In der Lobby angekommen, verließen sie den Aufzug und gingen zum Ausgang. Ihm fiel auf, dass sie mit dem richtigen Schuhwerk sogar mit ihm Schritt halten konnte.

»Taxi, Mr. Jackson?«
Steve warf Lise einen Blick zu, aber sie schüttelte den Kopf.
»Nein danke, Ralph«, sagte er.
»Du kennst den Portier?«, fragte sie, als sie außer Hörweite waren.
»Tja, nicht besonders gut. Ich kenne seinen Namen und er kennt meinen – obwohl ich mir wünschen würde, dass er mich nicht immer ›Mister‹ nennen würde. Das finde ich seltsam. Trotzdem ist er ein netter Kerl. Er erklärt mir oft den Weg und erzählt mir etwas über die Sehenswürdigkeiten, die er mir empfiehlt.«
»Oh. Dann hast du Fisherman's Wharf wahrscheinlich schon gesehen?«
»Ja. Allerdings gibt es dort ja jede Menge Läden, wo man gut essen kann«, erwiderte er und blickte sie lächelnd an.
Einige Zeit später ließen Lise und Steve sich in einem unscheinbaren kleinen Restaurant nieder, wo es ein erstklassiges Fondue gab. Es war ein Lokal, wohin Lise unter der Woche mit einem guten Freund ging, um gutes Essen und die freundliche Atmosphäre zu genießen – doch es war nicht die Art von Restaurant, in das sie normalerweise einen Kunden ausführte. Oder ein Date, das sie mit ih-

rem erlesenen Geschmack und ihrem Sinn für neue Trends beeindrucken wollte.

Mann, sie steckte echt in der Klemme. Wenn er nicht gerade glaubte, dass die modebewussten Einwohner von San Francisco auf Tweed und Jeans standen, war ihr Ruf als Trendsetterin spätestens jetzt im Eimer.

Steve schien es jedoch gar nicht zu interessieren, wer außer ihnen noch im Restaurant war. Er blickte sich um, nickte und entspannte sich sichtlich.

»Mir gefällt es hier«, stellte er fest. »Es ist gemütlich. So muss ich mir wenigstens nicht den ganzen Abend lang den Kopf darüber zerbrechen, welche Gabel ich benutzen soll.«

»Und das Essen ist köstlich.«

Nachdem sie bestellt und er sein Bier und sie ein Glas Rotwein vor sich stehen hatten, herrschte Schweigen.

Lise nippte an ihrem Wein. Ihr Blick fiel auf sein frisch gewaschenes T-Shirt, und sie musste unwillkürlich an den durchtrainierten Oberkörper denken, der sich darunter verbarg. Seine Arme waren gebräunt und so muskulös, dass ihr das Wasser im Mund zusammenlief. Sie wusste, dass er vermutlich ein Vermögen für einen Personal-Trainer ausgab, seine eigene Sonnenbank besaß und sich alle paar Wochen das Haar machen ließ – doch für diesen einen Augenblick wollte sie einfach der Illusion glauben, dass es tatsächlich die Natur war, die diesen Mann mit solch einem Körper gesegnet hatte. Ein paar von der Sonne ausgeblichene Strähnen in seinem Haar und einige der Muskeln stammten sicherlich wirklich vom Surfen. Jedenfalls hoffte sie das.

»Also, surfst du schon dein ganzes Leben lang?«, brach sie schließlich das Schweigen.

»Tja, ich weiß, wie es funktioniert … aber, nein. Ich bin kein guter Surfer.«

»Oh.« Sie versuchte, sich ihre Enttäuschung nicht zu deutlich anmerken zu lassen. Schließlich wollte sie den Typen nicht heiraten, sondern nur mit ihm schlafen. Warum sollte sie sich also darum scheren, ob sein Haar von Monsieur Claude gefärbt wurde und er seinen bronzefarbenen Teint dem Solarium zu verdanken hatte?

Es war ihr aber nicht egal. Soweit sie wusste – und sie hatte in ihrem Job und in ihrem Privatleben schon einige Erfahrungen sammeln dürfen –, neigten Männer, die mehr Zeit vor dem Spiegel verbrachten als sie und auch mehr Geld für den Friseur ausgaben, meistens dazu, ein bisschen egozentrisch zu sein.

Ein Typ, der »Klitoris« für ein neuartiges Anti-Aging-Produkt hielt, war vermutlich nicht der Knaller im Bett.

O ja, er sah gut aus. Sie könnte den ganzen Abend nur dasitzen und sein unglaubliches Gesicht betrachten, während er unweigerlich von sich erzählte, und so tun, als würde sie ihn im Fernsehen anschauen – ohne Ton. Sie würde dann einfach im Geiste den Text einfügen, den sie gern von ihm hören wollte.

»Kannst du denn gut genug surfen, um für einen Werbespot wenigstens so zu tun, als ob du ein Profi wärst?«

Er schüttelte den Kopf, und sie wollte gerade die Hände über dem Kopf zusammenschlagen, als er jedoch sagte: »Weißt du noch, dass wir heute Abend nicht über das Geschäft sprechen wollten?«

Okay, sie ging jetzt einfach mal davon aus, dass das Kopfschütteln sich darauf bezog, dass er sie tadeln wollte, weil sie über Geschäftliches gesprochen hatte, und nicht darauf, dass er nicht surfen konnte.

Bitte, mach, dass er surfen kann! Unter keinen Umständen würde sie einen Lehrer finden, der es ihm in der Kürze der Zeit beibringen konnte.

Wieder herrschte Schweigen. Wenn sie nicht über den Job sprechen konnten, gab es nur ein Thema, das diesen Mann vielleicht interessierte.
Also tat sie das Unvermeidliche und sagte: »Erzähl mir etwas über dich!« Innerlich schaltete sie den Ton leiser, bereit, seine Lippen zu beobachten – diese wundervollen, lächelnden Lippen, mit denen er sie so fantastisch geküsst hatte –, während er dazu ansetzte, in seinem Lieblingsthema zu schwelgen.
Sie hatte für sich den Ton angepasst und sich bereits überlegt, was sie gern aus diesem Mund hören würde.
In ihrer Fantasie würde er jetzt sagen: »Es gibt eigentlich nicht viel zu erzählen. Ich habe gemodelt, um mir mein Medizinstudium zu finanzieren. Natürlich habe ich ein paar Jahre für die *Ärzte ohne Grenzen* gearbeitet, bevor ich mich mit meiner eigenen Praxis niedergelassen habe. Jetzt fehlt mir nur noch die richtige Frau, mit der ich mein Leben teilen kann.«
Seine Lippen begannen, sich zu bewegen, und die ersten Worte überraschten sie so sehr, dass sie glatt vergaß, den Ton auszublenden, und jedem Wort lauschte, das der Mann ihr gegenüber sagte.
»Es gibt eigentlich nicht viel zu erzählen«, erklärte

er mit einem unbehaglichen Achselzucken. »Ich gehe zur Arbeit, komme wieder nach Hause und verbringe viel Zeit mit meinen Freunden.« Er hielt inne und dachte nach. »Und ich schaue mir viel Fußi an.«

Verwirrt blinzelte sie. *Fußi?* »Du schaust dir Leute beim Füßeln an?« Ihre eigenen Hobbys hielt sie schon für traurig, aber das war erbärmlich.

Er lachte – nicht laut, aber genug, dass sein Brustkorb sich bewegte, und seine Augen funkelten. »Nicht Füßeln … Fußi. Die Sportart, meine Liebe – besser bekannt als Football.«

»Oh.« Für einen Moment überlegte sie. »Meinst du Australian Football?« Am Rande hatte sie schon von diesem barbarischen Sport down under gehört, bei dem die Spieler oft mit den Köpfen zusammenprallten und klaffende Fleischwunden keine Seltenheit waren.

»Ja, richtig.«

»Ich habe gehört, dass es ziemlich brutal sein soll und dass es keine Regeln gibt.«

»Tja-ja.« Er schien einen Augenblick lang darüber nachzudenken. »Es geht nicht so formell zu wie beim American Football, aber es gibt durchaus Regeln.«

Und wenn es nach ihr ging, durfte er ihr ruhig alle

möglichen Spiele und alle Regeln dieser Spiele erklären, wenn er sie nur mit diesen unglaublichen Augen ansah und »meine Liebe« nannte. Sicher, sie wusste, dass es ein ganz alltäglicher Kosename war, aber das kümmerte sie im Moment nicht.

»Gefällt dir das Modeln?«

Er starrte sie an und hielt beim Kauen inne, als würde er irgendetwas, was er gegessen hatte, nicht mögen.

»Ich bin kein Model!«

Richtig. Natürlich nicht. Heutzutage nannten die Models sich selbst ja alle »Schauspieler«. Er hatte drei Sätze in einem Werbespot und hielt sich für einen Schauspieler.

Sie bediente sich bei dem köstlichen Fondue. Es erstaunte sie, wie ruhig ihr Magen sich verhielt.

»Wie bist du an den Job gekommen?«

»Was? Meinst du bei *Crane?*«

Sie nickte. Eigentlich meinte sie das Modeln – Schrägstrich – Schauspielern, aber sie wollte im Augenblick nicht über Kleinigkeiten diskutieren.

»Hat Jennifer Talbot denn nichts über mich erzählt?«

»Was hätte sie mir denn erzählen sollen?« Jen war wegen ihres Glückstreffers vor Aufregung ganz außer sich gewesen und hatte Steve umgehend nach

San Francisco geschickt. Das war alles, was sie über ihn wusste. *Oh, toll.* Er hatte vermutlich das australische Gegenstück zum Oscar gewonnen, und sie hatte ihn soeben zutiefst gekränkt, weil sie nie zuvor »eine seiner Arbeiten« gesehen hatte. Verdammt, als sie nichts über ihn im Internet gefunden hatte, hätte sie doch etwas gründlicher suchen, statt es einfach gut sein lassen sollen. Sie hätte Jen um einen Lebenslauf zu seinen Fotos bitten sollen.

»Ich wollte mich um einen Job als Packer bei *Crane* bewerben. Jennifer sah mich am Empfang stehen und hat mich überredet, diesen Job zu übernehmen.«

Lise schluckte viel zu hastig, und eine ganze, teuflisch scharfe Peperoni bahnte sich den falschen Weg durch ihren Hals. Sofort griff sie nach ihrem Wasserglas, nahm einen großen Schluck und versuchte, die Tränen wegzublinzeln, die ihr in die Augen geschossen waren. Sie hustete und prustete, hatte das Gefühl, ihr Hals würde in Flammen stehen, doch obwohl ihre Speiseröhre höllisch brannte, musste sie die Frage stellen, die ihr auf der Zunge lag. »Du bist Packer?«, quietschte sie.

»Nee. Ich bin Stahlbauer, aber zurzeit gibt es nicht besonders viel zu tun. Ich bin sozusagen vorübergehend freigestellt.«

»Ein Stahlbauer?«, wiederholte sie schwach. Ihre Stimme klang atemlos und rauh.
Ihm schien ihr schockiertes Gesicht zu gefallen. »Das stimmt.«
»Modelst du nebenbei?«
Er schüttelte den Kopf.
»Hast du jemals geschauspielert?«
Als er das Gesicht verzog, hatte sie bereits ihre Antwort, bevor er überhaupt noch einmal den Kopf schütteln musste.
»Ich fürchte, ich bin kein guter Schauspieler«, gab er zu. »Deshalb habe ich dich heute gebraucht. Wenn ich mir vorstelle, dass ich die Worte zu dir sage, weil ich dich gern küssen würde, kann ich den Text.«
»Ich frage mich, was du dir vorstellen musst, damit du vor der Kamera so tun kannst, als würdest du surfen«, platzte sie heraus. In diesem Moment war sie sich sicher, dass Jen verrückt geworden sein musste.
Seine Augen verdunkelten sich. Schlagartig wurde ihr heiß – und das hatte ganz bestimmt nichts mit der fehlgeleiteten Peperoni zu tun. »Das ist ganz einfach«, entgegnete er in einem Tonfall, bei dem sie sich sofort nach seidener Unterwäsche und einem riesengroßen Bett sehnte.

Sie räusperte sich. »Also bist du ein Stahlbauer«, sagte sie förmlich, denn sie wusste nicht, wie sie sonst auf seine eindeutige Anspielung reagieren sollte.
»Das stimmt.«
»Was baust du?«
»Alle möglichen Sachen. Gebäude, Schiffe. Den größten Teil des Jahres habe ich an einer Brücke gebaut.« Er verzog den Mund zu einem leichten Lächeln. »Arbeit mit offener Flamme. Bei Wind und Wetter draußen. Aber mir gefällt der Gedanke, dabei zu sein, wenn etwas Dauerhaftes entsteht. Verstehst du? Generationen von Menschen werden mit dem Auto oder mit dem Fahrrad über diese Brücke fahren oder zu Fuß hinübergehen – und ich habe dabei geholfen, sie zu bauen.«
Sie nickte, obwohl sie seine Gefühle nicht hundertprozentig nachvollziehen konnte. Ihr Job war das genaue Gegenteil von seiner Arbeit – es ging um die Form, nicht um den Inhalt, um die Werbung, nicht das Produkt.
Einen Augenblick. Wenn er draußen arbeitete …
»Hat die Sonne dein Haar ausgeblichen?«
Abrupt fuhr er sich mit gespreizten Fingern durchs Haar, als hätte er komplett vergessen, dass er überhaupt welches auf dem Kopf hatte. »Es ist ein wenig heller geworden, nehme ich an.«

»Du musst einem Top-Friseur ein paar hundert Dollar in den Rachen werfen, um so einen Look zu bekommen.«

Er schnaubte verächtlich. »*Du* vielleicht.«

Und sie musste nicht einmal nach der Sonnenbank fragen. Sie ging jede Wette ein, dass er auf den Oberschenkeln einen Streifen hatte, wenn er in Shorts arbeitete, und einen weiteren Übergang an seinen Knöcheln, weil er zur Arbeit seine Boots trug.

Ihr Herz schlug so schnell, dass ihr schwindelig wurde.

Es war echt. Das alles war echt. Die Muskeln waren nicht in einem Fitnessstudio antrainiert worden, sondern wortwörtlich aus Stahl geschmiedet. Das Haar, die Sonnenbräune – alles war natürlich.

Er war echt.

Sie war so sehr daran gewöhnt, mit Leuten zu tun zu haben, die von der Natur eigentlich mit einer recht schönen äußeren Verpackung gesegnet worden waren und trotzdem stetig versuchten, ihrem Aussehen noch ein bisschen auf die Sprünge zu helfen. Aber dieser Typ hier war real – und das in einer Welt, in der selbst dieses Wort für Werbeslogans wie *The real thing* herhalten musste.

»Das bin ich. Nichts Aufregendes also. Was ist mit dir?«

»Mit mir?« Sie wäre beinahe vom Stuhl gekippt, als sie die nächste große Überraschung des Abends erlebte. Wann hatte ein Mann, mit dem sie ausgegangen war, sie zum letzten Mal gebeten, etwas über sich zu erzählen?

Wann hatte sie überhaupt das letzte Mal ein echtes Date mit einem Mann gehabt? Das musste mindestens schon sechs Monate her und so getrost zu vergessen gewesen sein, dass sie diese Erfahrung bisher nicht wiederholt hatte. Sie war so in ihren Beruf vertieft gewesen, dass sie einfach nicht daran gedacht hatte. Oder vielleicht, flüsterte eine leise Stimme ihr ein, hatte sie den Beruf auch nur als Ausrede genutzt, um dieser ganzen komplizierten Mann/Frau-Geschichte aus dem Weg zu gehen.

»Ich arbeite zu viel«, gab sie zu. Und die mitleiderregende Wahrheit war, dass der Job allmählich zu ihrem einzigen Lebensinhalt wurde. Da sie nichts Wichtigeres zu haben schien, das den Platz ihrer Arbeit einnehmen konnte, wuchs ihr Job heran wie der unförmige *Blob* aus dem bekannten Science-Fiction-Film, sickerte immer weiter in alle Bereiche ihres Lebens, nahm immer mehr Zeit in Anspruch und übernahm langsam, aber sicher die Kontrolle.

»Also bist du ein Workaholic?«

Sie zog eine Grimasse. Ihr missfielen das Wort und alles, was es aussagte. Aber sie wollte ehrlich sein, denn er war es schließlich auch gewesen. »Ja.«
Er nickte und schien zu überlegen. Vermutlich, wie er sich elegant aus der Affäre zog – und schnell von hier verschwinden konnte. Dann bemerkte sie, wie seine Mundwinkel zuckten, als müsste er sich spontan ein Lachen verkneifen. Plötzlich schien er sich sehr zu amüsieren – wie über einen Scherz, den er gerade begriffen hatte. *Großartig. Einfach großartig.* Kein Wunder, dass sie sich nur so selten mit Männern traf. Und einen attraktiven Mann dazu zu bringen, sich in ihrer Gegenwart das Lachen verbeißen zu müssen, war nicht gerade ein großer Ansporn, um es wieder zu versuchen.
»Verrate mir etwas«, sagte er. Sein Mund wirkte wieder ernst, aber seine Augen funkelten vergnügt. »Hast du Magenprobleme?«
Unwillkürlich fasste sie sich an den Bauch, der erstaunlich ruhig war, obwohl sie ein Date hatte und scharfes Essen zu sich nahm. »Ab und an habe ich einen nervösen Magen.«
Er nickte, und ein einzelnes Grübchen wurde in seiner Wange sichtbar. Sie hätte es als umwerfend sexy empfunden, wenn sie nicht der Meinung gewesen wäre, dass es nur erschienen war, weil er

darüber lachen musste, wie bemitleidenswert sie sich aufführte.

»Kopfschmerzen?«

Sie blinzelte so heftig, dass es beinahe weh tat. »Was – bist du tagsüber Stahlbauer und nachts Arzt?«

»Als ich dich das erste Mal sah, sind mir die Kopfschmerztabletten und das säurebindende Medikament aufgefallen, die aus deiner Tasche hervorblitzten.«

»Das war ja wohl nicht alles, was hervorblitzte«, murmelte sie, als sie sich wieder an den ganzen demütigenden Vorfall erinnerte, der sie einfach nicht mehr loslassen wollte.

»Richtig.« Aber er lachte nicht. Das Grübchen wurde nicht einmal tiefer. Trotzdem war sie sich sicher, dass ihm das Mühe bereitete. »Ich dachte, du wärst ein Partygirl.«

Tja, offensichtlich hatte er nun, da er sie besser kannte, herausgefunden, dass das nicht der Fall war.

Sie schüttelte den Kopf und verabschiedete sich endgültig von ihrer kleinen Schwindelei. »Das war nicht einmal mein Kleid. Und es waren auch nicht meine Schuhe«, gab sie kleinlaut zu.

»Mir gefallen die Schuhe, die du jetzt trägst, viel besser.«

»Tatsächlich?«

»Sicher. In diesen Schuhen kannst du wenigstens laufen, ohne zu schwanken, als hättest du entzündete Fußballen.«

»Also …« Sie war so erleichtert, dass ihr die Worte fehlten.

Er beugte sich ein wenig zu ihr herüber. »Das Kleid hat mir allerdings ausgesprochen gut gefallen.«

Die Atmosphäre zwischen ihnen schien mit einem Mal spannungsgeladen, ja geradezu knisternd. Sie erinnerte sich an den Moment in ihrem Büro, kurz bevor er sie geküsst hatte. Sie hatte sich so gewünscht, dass es passierte, hatte gespürt, wie er darüber nachgedacht, gezögert und es schließlich doch ganz ruhig getan hatte.

Sie wollte, dass er sie wieder küsste, und sie wollte es so sehr, dass sie sich kaum zurückhalten konnte, den ersten Schritt zu machen.

»Also«, sagte er. Er schien es sich anders überlegt zu haben und wich ein wenig zurück, hinaus aus dem »gefährlichen« Bereich. »Bist du enttäuscht?«

»Enttäuscht?« Sie war enttäuscht, weil er ihre so offensichtliche Einladung, sie zu küssen, nicht angenommen hatte. Im Augenblick konnte sie an nichts anderes denken.

»Ich bin ein Arbeiter. Ich bin mir nicht sicher, was du erwartet hast, aber …«

»Einen Surfer. Das habe ich erwartet. Einen feierwütigen, ›Das-ganze-Leben-ist-ein-Strand‹- und ›Ich-modele-für-etwas-Extrakohle‹-Surfer.«
»Das bin ich nicht.«
Sie lächelte – es begann irgendwo tief in ihrem normalerweise so gequälten Magen und arbeitete sich langsam hoch. Als das Lächeln in ihrem Gesicht ankam, war es so strahlend wie eine voll aufgeblühte Sonnenblume. »Nein«, entgegnete sie. »Das bist du nicht.«
Er streckte seinen Arm über den Tisch und griff nach ihrer Hand. »Ist das gut?«
Sie fühlte sich, als würde in ihrem Liebesleben endlich einmal etwas gut laufen. »O ja«, erwiderte sie und lächelte noch immer. »Das ist gut.«
Für einen weiteren Moment saßen sie einfach so beieinander. Sie spürte dieses warme Prickeln, das zwischen ihnen herrschte, spürte die leichten Schwielen an seinen Händen, die ihr schon früher hätten auffallen müssen, spürte seinen Blick auf ihrem Gesicht. Sie sah kurz auf. Und das reichte, um festzustellen, dass er offensichtlich genau dasselbe dachte wie sie.
Er zog seine Geldbörse hervor, zerrte ein paar der Scheine heraus, die sie ihm gegeben hatte, und warf sie auf den Tisch. »Lass uns hier verschwinden.«

Seine Eile verstärkte ihre Aufregung, doch sie zögerte noch immer. »Wir sollten uns die Rechnung bringen lassen. Solche Kosten sind steuerlich absetzbar.«

Er hob ihre ineinander verschlungenen Hände und küsste ihre Fingerknöchel.

»Ach, zum Teufel«, sagte sie fröhlich. Sie war sich sicher, dass sie für dieses Essen viel zu viel bezahlt hatten, dass sie keinen einzigen Cent davon absetzen könnten – und dass ihr das vollkommen egal war.

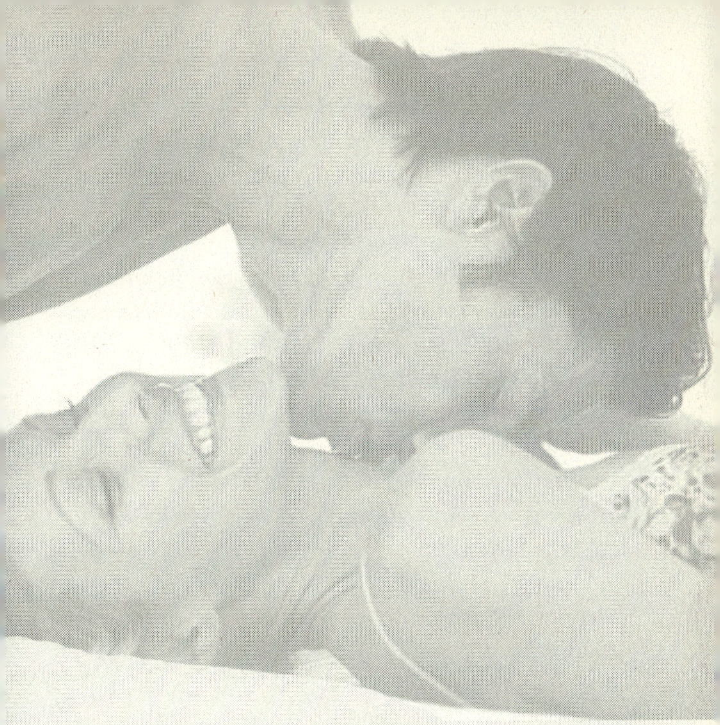

7. Kapitel

Sie hatten sich schon ziemlich beeilt, um zu Fisherman's Wharf zu kommen, aber das war gar nichts im Vergleich zu dem Tempo, das sie auf ihrem Weg zurück ins Hotel anschlugen.

Sie sprinteten den Hügel hinauf.

Lise keuchte und wusste, dass ihr diese Sporteinheit guttun würde. Vielleicht würde sich ja auf wundersame Weise ihre Cellulitis in harte, durchtrainierte Muskeln verwandeln, bevor sie im Hotel ankamen. Und bevor ihre Lunge ihr den Dienst versagte. Doch so glücklich sie auch war, dass es Steve nicht schnell genug gehen konnte, um mit ihr allein zu sein – sie musste irgendwann auch mal Luft holen.

Aber nicht, wenn das hieß, langsamer voranzukommen. Es gab nur eine Lösung. »Taxi«, stieß sie atemlos hervor.

Glücklicherweise war es Freitag, und es wimmelte nur so von Taxis. Bald hatten sie sich in einen Wagen gequetscht, und das Auto glitt ruhig den Hügel hinauf. Noch immer spürte Lise die Anspannung in dem Mann, der neben ihr saß, und war sich sicher, ihn etwas murmeln zu hören, das etwa klang wie: »Komm schon, komm schon!«

Sie wusste genau, wie er sich fühlte. Schon fast rechnete sie damit, dass er sie sich hier, im Taxi schnappen, sie an sich ziehen und leidenschaftlich küssen würde. Doch weil er schüchtern war oder weil er sich an seine guten Manieren erinnerte oder weil ein Mann aus Australien so etwas einfach nicht machte, blieb sie unbehelligt. Und als sie schließlich beim Hotel ankamen, hatte ein unruhiges Verlangen sie erfasst.

Dieses Mal hielt sie die Kreditkarte der Firma griffbereit, so dass sie augenblicklich einen Beleg bekommen und keine Zeit und kein Geld vergeuden würden. Sie wollte gerade die Karte nach vorn reichen, als sie den sehnsüchtigen Ausdruck in Steves Augen wahrnahm. *Was mache ich hier eigentlich?* Das war ihr Zeichen, eine Zwanzigdollarnote zu greifen, sie nach vorn zu geben, um damit die Taxifahrt zu bezahlen – die höchstens sieben Dollar gekostet hatte –, sich hastig zu bedanken und auszusteigen.

»Guten Abend, Mr. Jackson.«

»Hi, Ralph.«

Der Portier nickte Lise zu. »Heute ist oben eine Menge los«, sagte er.

Steve stoppte und blickte den Portier fragend an.

»Er meint die Bar, die sich im obersten Stock des Hotels befindet«, erklärte Lise. »Freitags ist sie meistens sehr gut besucht.«

»Das stimmt, Miss. Und man hat von dort einen wundervollen Ausblick auf die Stadt.«
»Danke«, entgegnete sie. »Gute Nacht.«
»Es gibt nur einen Ausblick, den ich heute noch genießen will«, sagte Steve mit einem ungeduldigen Unterton in der Stimme.
»Schh«, machte sie, während sie zu den Aufzügen hasteten, wobei sie mit ihrem Tempo sicherlich olympische Rekorde gebrochen hätten.
Als sich die Türen hinter ihnen geschlossen hatten und sie erfreulicherweise allein waren, fragte sie sich, ob er sich nun auf sie stürzen würde, wie sie es schon im Taxi fast erwartet hätte.
Doch er tat es nicht. Aber mit seinen Blicken zog er sie beinahe aus. Vielleicht berührten seine Hände oder seine Lippen sie nicht, aber sein Blick war überall und jagte kleine Schauer über ihre Haut.
Gespannte Erwartung, entschied sie, ist das stärkste Aphrodisiakum von allen. Ungeniert betrachtete er ihren Körper, und sie spürte, wie all ihre Sinnlichkeit erwachte und sie erfüllte. Ihre Brustspitzen richteten sich auf und schienen um Aufmerksamkeit zu buhlen, ihr Herz pochte wild in einem uralten, animalischen Rhythmus, und in ihrem Bauch breitete sich ein warmes, wohliges Gefühl aus.

»Ich wollte dich seit dem Moment, als deine Brust aus dem Kleid gehüpft ist«, sagte er sanft.
Und verdammt, dieses Mal sollte er endlich beide Brüste zu Gesicht bekommen – und nicht nur aus Versehen. Sie hörte, wie jemand leise seufzte, und stellte fest, dass sie selbst es gewesen war.
»Es hat mich fast wahnsinnig gemacht, dass ich nur eine Brust gesehen habe. Ich will sie beide sehen.« Er hielt inne und atmete zitternd ein. »Ich will sie berühren.«
»Hm.«
»Und sie schmecken.«
Oh, dies hier war ein intensiveres und längeres Vorspiel, als sie während ihrer gesamten letzten Beziehung erlebt hatte. Sie war so heiß, dass es vermutlich schon vorbei sein würde, bevor sie überhaupt seine Suite erreichten.
Sie hätte ihm ein Zimmer auf einer der unteren Etagen buchen sollen.
»Ich wollte dich schon, bevor wir uns zum ersten Mal begegnet sind – als ich dein Bild sah«, gab sie zu. Ihr wurde bewusst, dass genau das der Grund für ihre Unzufriedenheit gewesen war, als sie die Hochglanzbilder zuerst gesehen hatte. Sie hatte sich nicht wie Cinderella gefühlt, die in das Gesicht von Prince Charming blickte, sondern eher

wie eine der hässlichen Stiefschwestern, die wusste, dass ihr Fuß niemals in den Glasslipper passen und dass sie nie eine Chance bei ihm haben würde. Und gerade weil sie ihn so sehr gewollt hatte und überzeugt war, dass es keine Hoffnung gab, war sie reizbar und ruhelos gewesen. »Dann habe ich dich von Angesicht zu Angesicht gesehen.«

»Und?«

»Und ich wollte dich noch mehr.«

»Das ist gut.«

»Das nehme ich an.«

»Ich hatte noch nie zuvor mit jemandem Sex, der nicht aus Australien kam«, sagte er und wirkte einen Augenblick lang erschrocken.

»Und ich hatte noch nie Sex mit jemandem, der nicht aus Amerika kam«, entgegnete sie.

»Himmel, ich hoffe, ich mache meine Sache gut.«

Als sie seine Etage erreichten, konnte das »Pling« des Aufzugs ihr erleichtertes leises Lachen nicht übertönen. Sie war starr vor Angst gewesen, ihn zu enttäuschen, doch als sie jetzt sein halb im Scherz gemachtes Geständnis hörte, dass auch er Angst hatte, entspannte sie sich.

Vielleicht war es die Art, wie er sie zuvor geküsst hatte. Vielleicht war es die Art, wie er beim Essen gesprochen hatte – vernünftig und ruhig. Aber ir-

gendwie wusste sie, dass alles, was geschehen würde, gut und richtig war.
Gemeinsam verließen sie den Aufzug, doch die Eile hatte sich gelegt. Es schien beinahe so, als sollte etwas Bedeutsames geschehen, und sie wollten jeden Augenblick auskosten.
Oder aber die Vorfreude war so groß, dass sie dieses Gefühl noch länger genießen wollten.
Oder sie waren so ängstlich, alles zu vermasseln, dass sie es doch nicht mehr so eilig hatten, ins Bett zu sinken.
Steve zog seine Schlüsselkarte hervor, und kurz darauf betraten sie seine Suite. Er machte Licht. Im goldenen Schein der Lampe wirkte er mysteriös, seine Augen dunkel und ernst, aber, oh, wie sein Blick sie anzog.
»Möchtest du einen Drink?«, fragte er.
»Nein. Ich möchte das erste Mal jetzt lieber schnell hinter mich bringen ...« Ihr stockte der Atem, als ihr bewusst wurde, dass sie diese Worte laut ausgesprochen hatte, und sie spürte, wie sie dunkelrot wurde. »Ich meine ...« Ach, er konnte ebenso gut die Wahrheit hören. Er würde es sowieso früher oder später herausfinden. »Ich bin nur so ungeschickt bei so etwas.«
»Was, beim Sex? Natürlich bist du das nicht.«

»Entschuldige bitte, aber ich denke, dass ich das besser beurteilen kann als du.«
Steve schüttelte den Kopf. »Das liegt nur an diesen verdammten Zeitschriften, die ihr Frauen immer lest. Auf dem Flug hierher habe ich eine ganze Reihe dieser Magazine durchgeblättert, und muss sagen, dass ich noch nie so viel Müll gelesen habe.«
»Wovon sprichst du?« Sie buchte in solchen Magazinen immerhin sehr oft Anzeigen.
»Diese Artikel«, entgegnete er und verdrehte die Augen. Mit verstellter Stimme säuselte er: »Wie sehe ich nackt besser aus, oder was Männer wirklich meinen, wenn sie sagen: ›Ich liebe dich!‹, oder siebenunddreißigeinhalb Tricks, wie man ihn im Bett um den Verstand bringt.« Er schüttelte den Kopf und sprach in normalem Tonfall weiter. »Kein Wunder, dass in Amerika jeder davon überzeugt ist, einen Psychologen zu brauchen. Wie soll ein Artikel in einer Zeitschrift einem erklären, wie man besseren Sex hat oder mehr Orgasmen bekommt?«
Oh, sie wünschte sich, er hätte die Orgasmen nicht erwähnt. Ihr Magen zog sich zum ersten Mal an diesem Abend schmerzhaft zusammen. Was, wenn sie keinen Orgasmus bekam? Sie war so nervös, dass sie nicht sicher war, ob sie das Zeug dazu hat-

te und sich gehen lassen konnte. Wahrscheinlich war das alles hier eine furchtbare Idee.

»Ich denke, vielleicht …«

»Ich sage dir, was *ich* denke. Wenn die Leute weniger Zeit damit vergeuden würden, sich Gedanken darüber zu machen, wie sie nackt aussehen, oder Wertungslisten zu führen, wie viele Tricks im Bett sie beherrschen, könnten sie den Sex wahrscheinlich viel intensiver genießen.«

»Müssen wir das jetzt ausdiskutieren?« Zum Teufel mit dem Magenmittel – sie kam langsam, aber sicher in den Bereich, wo nur noch *Valium* helfen konnte. Offen gesagt wünschte sie sich, sie könnte eine kurze Auszeit nehmen, um schnell noch einmal nachzulesen, wie man nackt besser aussah oder wie man effektiver zum Orgasmus kam. Und verdammt noch mal – wenn es siebenunddreißigeinhalb Tricks im Bett gab, dann kannte sie fünfunddreißig davon schlicht nicht.

Aber er lächelte sie nur unwiderstehlich an. Und obwohl sie sich unsicher fühlte, wusste sie doch auch, dass sie es bis ans Ende ihrer Tage bereuen würde, wenn sie jetzt ging.

»Ich kenne keine siebenunddreißigeinhalb Tricks«, gab sie leise zu. »Ich glaube, ich kenne überhaupt keine Tricks.«

Er machte einen Schritt auf sie zu. »Liebling, Tricks gehören in eine Zaubershow.« Er streckte seinen Arm aus und berührte ihr Gesicht, fuhr mit seiner rauhen Arbeiterhand über ihre Wange und über ihr Kinn und die zarte, sensible Haut an ihrem Hals entlang. Es fühlte sich so gut an, dass sie den Kopf in den Nacken legte, damit er mehr von ihrem Hals erreichen konnte. Sie merkte, wie ihr warm wurde, als er näher kam, und nahm dann seine Lippen wahr, die zart über ihre Halsbeuge strichen.

»Das *ist* ein Trick«, murmelte sie.

»Was?«

Dieses einzelne Wort reichte schon aus. Er war ihr so nah, dass sie seine Frage auf der Haut spüren konnte, und ein Schauer rieselte ihr über den Rücken.

»Du küsst meinen Hals, und mein Herz fängt wie verrückt an zu schlagen.«

»Tatsächlich?« Ein Hauch von Belustigung schwang in seiner Antwort mit, und auch sie lächelte, als er nun seine Hand hinuntergleiten ließ und dann ein Stück oberhalb ihrer linken Brust innehielt, wo ihr Herz heftig pochte.

»Mir geht es nicht anders«, erklärte er, strich über ihren Arm, ergriff ihr Handgelenk und legte ihre Handfläche an seine eigene Brust. Und er hatte recht. Sein Herz klopfte ebenfalls wie wahnsinnig.

»Ich finde dich wunderschön«, sagte er. Mit seinen Lippen fuhr er langsam ihren Hals hinauf bis zu ihrem Mund.

»Das bin ich aber nicht.« Ihrer Meinung nach hatte sie immer … komisch ausgesehen. Ihr Kinn war zu kantig und ihre Nase etwas zu gerade und ein wenig zu schmal. Ihre Augen waren hübsch, aber sie passten eigentlich besser in ein sanfteres Gesicht.

»Das macht einen Teil deines Charmes aus. Du siehst nicht, wie hübsch du bist.«

Dieses Magazin musste sie unbedingt auftreiben. Er schien eine Menge der Tricks daraus an ihr auszuprobieren. Nicht, dass es sie wirklich gestört hätte – ihr gefielen diese Schmeicheleien. Komplimente bekam sie schließlich weiß Gott selten genug zu hören.

Dann verschloss er mit seinen Lippen ihren Mund, und all die Gedanken, die sich in ihrem Kopf überschlugen, schienen sich mit einem Mal in Luft aufzulösen.

Zack. Als wäre ihr Gehirn von einer auf die andere Sekunde ins Koma gefallen. Jetzt ging es nur noch um das Gefühl. Die Wärme seiner Lippen auf ihrem Mund, die Stärke seiner Arme, mit denen er Brücken baute und die sie jetzt festhielten. Die

Leichtigkeit, mit der er sie anhob und sanft an sich zog, bevor sie überhaupt bemerkt hatte, dass sie sich näher gekommen waren.
Und an all den Stellen, wo ihre Körper sich berührten, schien etwas zu passieren. Kleine elektrische Schläge knisterten, winzige Wellen durchströmten sie, sein Körper spannte sich, ihr Körper entspannte sich. Seine Erregung wuchs immer mehr, bis sie schließlich seine Erektion spürte, die sich so hoch gegen ihren Bauch drängte, dass sie sich fragte, ob australische Männer vielleicht anders gebaut waren als amerikanische. Möglicherweise wirkten sich ja Sonne, Football und Bier positiv auf ihre Entwicklung aus.
Aber möglicherweise lag es auch an einem Jahr ohne Sex, dass sie so unsicher und verschlossen war und sich so leer fühlte wie … eine ausgedrückte Zahnpastatube.
Mit einem leisen Aufstöhnen fragte sie sich, ob es zu spät war, doch noch einen Rückzieher zu machen.
»Hey, was ist los?«, fragte er und blickte sie forschend an.
»Nichts.«
»Ich hätte schwören können, dass du die ganze Zeit mit deinen Gedanken bei mir warst und dann mit

einem Mal woanders. Was geht in deinem Köpfchen vor? Worüber hast du gerade nachgedacht?«

»Zahnpasta.«

»Zahnpasta?« Er lehnte sich ein wenig zurück, um sie besser ansehen zu können. »Ist das hier in Kalifornien eine besondere Spielart beim Sex, von der ich noch nichts gehört habe?«

»Nein. Ich bin ein Idiot.«

»Tja, dann hör damit auf. Du bleibst jetzt bei mir, verstanden?« Er drückte ihre Schultern. »Keine Grübeleien.«

»Ich kann nichts dagegen tun«, jammerte sie. »Ich habe dich ja gewarnt. Was Sex betrifft, bin ich ein hoffnungsloser Fall. Ich kann meinen Kopf einfach nicht ausschalten.«

»Dann versuche nicht, ihn auszuschalten. Aber vielleicht könntest du deine Gedanken auf andere Dinge lenken als auf Mundhygiene, sonst vergeht mir die Lust.«

»Ich weiß aber nicht, wie ich das machen soll«, gab sie zerknirscht zu.

Er seufzte. »Ich merke schon, dass ich dich ein bisschen grober anpacken muss.«

Tief atmete sie ein. »Tatsächlich?«

»Ja. Sehr grob sogar.« Er klang grimmig, aber wieder tanzte dieses Funkeln in seinen Augen – dieses

Funkeln, das ihr durch und durch ging. Während sie sich auf diese Augen konzentrierte, spürte sie seine Hände auf ihren Brüsten. Plötzlich wurde ihr klar, dass er ihre rechte Brust entblößt hatte, und eine Mischung aus Schock und Aufregung ergriff sie. Ohne besondere Raffinesse und ohne Vorwarnung hatte er einfach ihr T-Shirt hochgeschoben und sie aus dem BH-Cup befreit.

Sie spürte die kühle Luft an ihrer Brustspitze und die warme, rauhe Schwere seiner Hand auf ihrer zarten Haut, die so empfindlich war.

»Und woran denkst du jetzt?«, fragte er.

Sie schluckte. »Jedenfalls nicht an Zahnpasta.«

»Komm schon.« Er strich ganz leicht mit seinen Fingerspitzen über ihren Nippel, und ihr gesamter Körper reagierte augenblicklich. »Woran denkst du, wenn ich das hier mache?«

»Ich denke nicht«, murmelte sie. »Ich fühle.«

»Gut«, flüsterte er. »Das ist sehr gut. Und wenn du merkst, dass deine Gedanken wieder in Richtung Zahnpasta abschweifen, hol dich selbst wieder zurück ins Hier und Jetzt und konzentriere dich darauf, was dein Körper in genau dem Moment empfindet.«

»Wo hast du das denn gelernt ... Oh ...«, stieß sie hervor und atmete scharf ein, als er ihre Brustspitze

zwischen Daumen und Zeigefinger nahm und zukniff: »Wie fühlt sich das an?«
»Wie ein Blitz.« Sie hielt inne, um keuchend Luft zu holen. »Hitze breitet sich aus.«
»Gut. Hör auf zu denken. Konzentriere dich auf den Augenblick, auf das Gefühl.«
»Mach das nicht noch mal.«
»Solange du mich nicht dazu zwingst ...«
Er widmete seine Aufmerksamkeit wieder ihrer Brust und trieb Lise damit beinahe in den Wahnsinn. Warum kümmerte er sich nicht auch um ihre andere Brust?
»Ich konnte nicht aufhören, daran zu denken, wie ich am Flughafen einen Blick auf deine Brust erhaschen konnte. Dieser eine flüchtige Blick reichte aus, und ich musste mich die ganze Zeit über fragen, wie wohl der Rest von dir aussehen mag.«
»Nichts Besonderes, glaub mir ...« Das letzte Wort endete in einem kleinen Aufschrei, als er ihr wieder in die Brustspitze kniff.
»Würdest du bitte damit aufhören?«, forderte sie. Doch ihr Protest war eher schwach. Denn eigentlich gefiel ihr die Wärme, die sich nach jedem kurzen Kniff in ihr ausbreitete.
»Ich höre auf, wenn du aufhörst, dich selbst so kleinzumachen.«

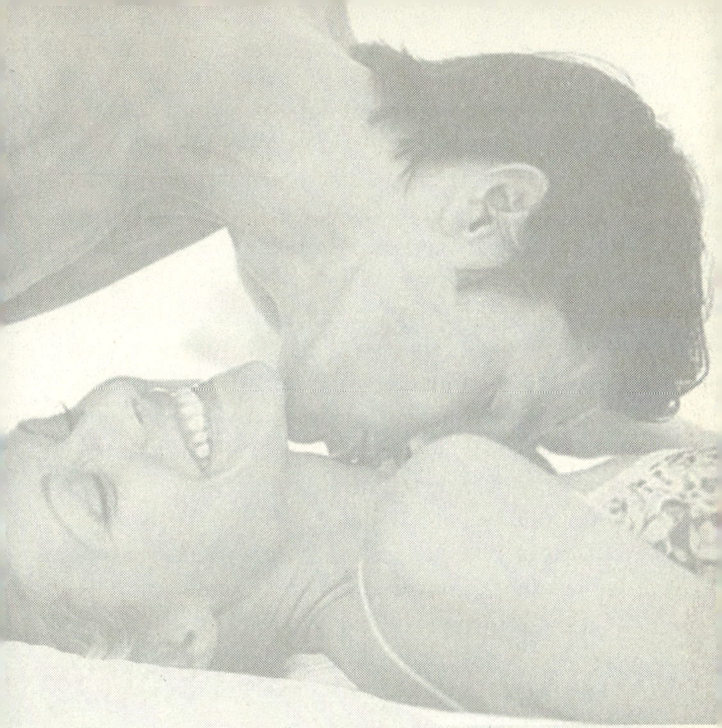

8. Kapitel

Steve spielte weiter mit der einen Brust und berührte sie, aber Lise glaubte allmählich, dass er es nicht mehr nur tat, damit sie sich bewusst auf das konzentrierte, was gerade geschah – sie spürte, dass auch er es genoss. Sie brauchte seine Ermahnungen in Form von kleinen Kniffen nicht mehr, um im Hier und Jetzt zu bleiben. Sie war so sehr im Augenblick gefangen, dass sie befürchtete, vielleicht nie mehr daraus entkommen zu können.

»Ich kann dir gar nicht sagen, wie viel ich über diese Brust nachgedacht habe. Ich wollte sie anfassen, ich wollte sie schmecken.«

»Weißt du eigentlich, dass ich zwei Brüste habe?«, erklärte sie, da ihre andere Brust langsam neidisch zu werden schien und ebenfalls seine Aufmerksamkeit genießen wollte.

»Echt?«, entgegnete er und lachte leise. Er legte seine Hände an den Saum ihres T-Shirts und zog es bedächtig hoch.

Als sie noch ihr sexy Kleid getragen hatte, waren in ihrer Vorstellung von einer Verführungsszene flüsternder Seidenstoff und ein bisschen Champagner vorgekommen – ganz sicher hatte sie sich nicht ausgemalt, dass er ihr ein T-Shirt, Shorts und ihre Laufschuhe ausziehen würde. Wenigstens war ihre Unterwäsche sexy – soweit sie das beurteilen konnte. Mit den Armen über dem Kopf, damit er das T-Shirt hochziehen konnte, würden ihre Brüste einfach großartig aussehen. Frech aufgerichtet und straff. Natürlich würde es etwas seltsam wirken, weil eine Brust bereits entblößt war und die andere noch in ihrem kaffeebraunen BH aus Seide steckte … Aber sie konzentrierte sich auf den Augenblick, und der Rest kümmerte sie nicht.

Und der kleine knurrende Laut, den er von sich gab, als er sie betrachtete, reichte aus, damit sie sich in ihrem nicht ganz so perfekten Körper doch ziemlich gut fühlte.

Er warf das T-Shirt zur Seite, stand vor ihr und sah sie einfach nur an. Mit einem schnellen Griff zog er auch den anderen BH-Cup herunter und lächelte, als wäre gerade das größte Geheimnis des Universums gelüftet worden.

Ihre Brüste waren vollkommen nackt und wurden von den Bügeln des BHs, der ihr Dekolleté unterstützte, ein wenig nach vorn geschoben. Doch trotz ihrer schutzlosen Blöße kam Lise sich schamlos und mutig vor.

Recht musste Recht bleiben – und so widmete sie sich nun seinem T-Shirt, schob es hoch und zog es ihm aus.

Oh, dachte sie, als sie ihn halbnackt vor sich stehen sah. Kein Personal-Trainer der Welt konnte solch ein Ergebnis erzielen. Er hatte einen langgestreckten Oberkörper, eine breite Brust und eine schmale Taille, ein bisschen rötlich braunes Brusthaar und ein paar verstreute Sommersprossen auf seinen Schultern.

Unfähig, jetzt aufzuhören, und so sehr gefangen in diesem Moment, dass an Zurückhaltung gar nicht zu denken war, schlang sie die Arme um ihn, schmiegte sich an ihn und legte ihren Kopf an seine Brust. Sein Brusthaar kitzelte ein wenig, aber die Haut darunter war weich und geschmeidig. Er roch nach Wärme, Sonne und vielleicht ein bisschen nach Stahl.

Sie schob ihre Zunge ein Stückchen zwischen ihren Lippen hervor und schmeckte ihn. Gerade als sie darüber nachdachte, ihn zärtlich zu beißen, spürte sie seine Hände unter ihrem Po und wurde im nächsten Augenblick hochgehoben. Instinktiv schlang sie die Beine um seine Taille und ihre Arme um seinen Nacken, während er sie ins Schlafzimmer trug und sie schließlich rückwärts auf die Matratze fallen ließ.

Er beugte sich hinab, um ihr die Schnürsenkel zu lösen und zog ihr die Schuhe und die Tennissocken aus. Dann ergriff er den Bund ihrer Shorts

und ihres Höschens und befreite sie mit einer fließenden Bewegung aus ihren Klamotten.
Fasziniert beobachtete sie, wie er seine Hand an die Knöpfe seiner Jeans legte. Ohne großes Aufheben schlüpfte er aus der Jeans und seiner Unterwäsche. Wortlos betrachtete sie ihn und entschied für sich, dass an ihrer Theorie mit der australischen Sonne definitiv etwas dran war. Nie zuvor hatte sie einen eindrucksvolleren Männerkörper gesehen.
Sie würde nicht mehr an ausgedrückte Zahnpastatuben denken. Sie würde ganz im Hier und Jetzt sein und auf ihren Körper hören – der ihr ungeduldig zu verstehen gab, dass er bereit war für die Herausforderung.
»Du starrst mich an, als hättest du noch nie einen nackten Mann zu Gesicht bekommen«, sagte er mit einem kleinen Lächeln. Doch sie bemerkte, dass er auch ein bisschen verlegen war.
»Ich habe noch nie einen Mann gesehen, der so umwerfend war wie du«, entgegnete sie.
»Mir gefällt dein Körper auch.«
Er ließ sich neben ihr auf das Bett sinken und küsste sie, als hätte er alle Zeit der Welt und würde bis in alle Ewigkeit nichts lieber tun wollen, als sie zu küssen.
Mit seinen Fingern malte er Muster auf ihre Brust

und ihren Bauch und wanderte dabei immer ein winziges Stückchen tiefer. »Möchtest du das erste Mal noch immer schnell hinter dich bringen?«, fragte er sanft.

Hatte sie das etwa gesagt? Was hatte sie sich dabei nur gedacht? Das hier sollte nicht eilig erledigt werden. Es sollte vielmehr genossen und ausgekostet werden.

»Nein«, erwiderte sie. »Ich will es nicht schnell hinter mich bringen, sondern es langsam angehen lassen.« Sie seufzte, als seine Finger die Haut ganz knapp unter ihrem Bauchnabel streichelten. »Vor Montagmorgen habe ich keine Verpflichtungen. Wir haben also Zeit.«

Obwohl ... Es gab Körperteile, die sich danach sehnten, dass es schneller ging. Gewisse Partien ihres Körpers, deren Signale sie zu lange schon ignoriert hatte, warteten ungeduldig darauf, endlich voll und ganz im Augenblick zu schwelgen.

Aber nein. Sie wollte sich nicht auf einen einzelnen Moment konzentrieren, sie wollte ihn ausdehnen und ausschöpfen – bis zum Letzten ...

»Ich habe bis Montagmorgen auch keine anderen Verpflichtungen«, sagte er und küsste ihre Brüste. Eine Weile widmete er ihnen seine volle Aufmerksamkeit, bevor er abrupt innehielt und sich aufrichtete, um sie mit milder Verärgerung anzusehen. »Was ist denn jetzt schon wieder?«

»Wie bitte?«

Er sah sie an, und seine Augen schienen direkt auf den Grund ihrer Seele blicken zu können. »Du grübelst doch wieder.«

Verdammt, das wurde allmählich unheimlich. »Woher weißt du das?«

»Ich verdiene meine Brötchen durch die Arbeit meiner Hände. Wenn du anfängst nachzudenken, dann verändert sich … ich weiß nicht … dann verändert sich deine Haut, und deine Muskeln verspannen sich.« Unverwandt blickte er sie an und begann dann, ganz leicht zu lächeln. »Und zwischen deinen Augen bildet sich eine kleine Falte«, fuhr er fort und beugte sich vor, um eine Stelle direkt zwischen ihren Brauen zu küssen. Sie war sich ziemlich sicher, dort noch nie zuvor geküsst worden zu sein.

»Entschuldige.«

»Woran hast du denken müssen, dass du mit einem Mal steif wie ein Brett geworden bist?«

Sie legte einen Arm über ihre Augen. Jetzt war sie also schon ein steifes Brett. *Großartig.* »Ich bin so ein Idiot. Ich wünschte, ich hätte nicht gesagt, dass ich vor Montag nirgends sein muss. Das klingt so, als hätte ich keine Freunde und kein Leben neben der Arbeit. Und vielleicht willst du ja gar nicht, dass ich bis Montag hier bin.« *Bitte schön.* Er hatte gefragt, und sie hatte ihm die Wahrheit gesagt. Dann war sie eben bedauernswert und hatte kein Sozialleben. Jetzt wusste er wenigstens Bescheid.

»Darüber hast du nachgedacht?«

»Ja.«

»Das ist alles?«

Pause. »Ja-ha … fast.«

Unter ihrem Arm konnte sie nichts sehen, aber sie spürte, dass er sich bewegte, merkte, dass es kälter wurde, und wusste, dass er sich von ihr entfernt hatte. Sie nahm ihren Arm von den Augen und sah, dass er sich aus dem Bett erhob. Augenblicklich fühlte sie sich so furchtbar, dass sie sich am liebsten zusammengerollt und losgeheult hätte.

Sie beobachtete, wie er sich einen der passend bezogenen Sessel schnappte, ihn ans Bett zog und sich setzte.

»Also gut«, sagte er. »Dann mal raus damit. Was geht in deinem hübschen Köpfchen noch so vor sich?«

»Nichts. Ich … ich …«

»Du *was?*«

»Ich habe vergessen zu fragen, ob du verheiratet bist.«

Er hob die Augenbrauen. »Hältst du es echt für möglich, dass ich hier in aller Seelenruhe nackt neben dir sitze, während zu Hause meine Frau auf mich wartet? Glaubst du wirklich, dass ich zu dieser Sorte Mann gehöre?«
Sie schüttelte den Kopf. »Aber ich bin nicht gerade für meine gute Menschenkenntnis bekannt.«
»Ich bin nicht verheiratet.«
Sie stieß die Luft aus, die sie unwillkürlich angehalten hatte, und fragte sich, ob er tatsächlich Single sein konnte. Ein Mann, der in nichts als einem Hotelsessel so unglaublich aussah, hatte eigentlich kein Recht darauf, alleinstehend zu sein. Allerdings hatte er nicht eindeutig gesagt, dass er Single war. Er hatte nur gesagt, dass er nicht verheiratet war.
»Freundin?«
Er schüttelte den Kopf. »Ich habe mich vor drei Monaten von ihr getrennt – als sie anfing, sich nach Eheringen umzusehen.«
»Oh.« Also war er kein Beziehungsmensch. Schön und gut. Sie war ja auch nicht darauf aus, diesen Mann zu heiraten. Solange er keinen Ehebruch beging, wenn er mit ihr schlief, sollte es ihr im Grunde genommen egal sein, dass er auf Eheringe allergisch reagierte, nicht wahr?

Nein, dachte sie und warf ihm ein »Komm-zurück-ins-Bett«-Lächeln zu. Eheringe waren das Letzte, wonach ihr gerade der Sinn stand.
Er schien ihre Nachricht laut und deutlich vernommen zu haben. Er erhob sich aus dem Sessel, bis er nur noch einen Herzschlag von ihr entfernt war. Seine Lippen waren so nah, so bereit zum Küssen, dass ihre eigenen Lippen zu prickeln begannen.
»Kein Grübeln mehr«, verlangte er.
»Ich bin fertig damit.« Sie legte ihre Arme um ihn und akzeptierte einfach, dass er absolut und genau das war, was sie jetzt brauchte.
Als er sie küsste, öffnete sie ihren Mund – bereit, ihm alles zu geben.
Doch selbst in der Hitze ihrer verschmolzenen Münder nahm sie wahr, wie sanft seine Haut sich an der ihren anfühlte und wie behutsam sich ihre Körper aneinanderschmiegten, vorsichtig testend, wie sie am besten zusammenpassten.
Sie war sich seiner Kraft bewusst, der Muskeln, die dem Metall, mit dem er arbeitete, so ähnlich waren, und nahm deutlich die Verlässlichkeit und Integrität wahr, die darunter schlummerten. Er war ein einfacher Arbeiter. An ihm war nichts Kapriziöses oder Künstliches. Für eine Frau wie sie, die ihren Lebensunterhalt damit verdiente, Illusionen

zu schaffen, war es faszinierend, einen Mann zu finden, der genau das war, was er zu sein schien. Außerdem war er geradezu erschreckend aufmerksam und reagierte viel sensibler auf ihren Körper und die winzigen Signale, die er aussandte, als je ein Mann zuvor. Er musste sich keine Sorgen darüber machen, dass sie mit ihren Gedanken woanders sein könnte – sie war hier, bei ihm, und dies hier geschah jetzt. Und es fühlte sich so gut an, wie er seinen Körper an den ihren schmiegte, dass es ihr unmöglich war, überhaupt zu denken. Stattdessen konzentrierte sie sich darauf, diese außergewöhnliche Nacht, die sich wahrscheinlich niemals wiederholen würde, zu genießen. Als sie sich küssten, flüsterte sein Mund ihr Geheimnisse zu, die tiefer, intensiver waren als Worte.

Zum ersten Mal verschloss sie sich beim Sex nicht, zog sich auch nicht zurück oder verlor sich in Grübeleien, um ihr Herz zu beschützen. Stattdessen öffnete sie sich für alles. Sie öffnete sich den Empfindungen, die durch die Berührungen, die Düfte, den Geschmack ausgelöst wurden, und den dahinter durchsickernden tieferen Gefühlen, die langsam die Schutzmauer durchdrangen, die sie selbst errichtet hatte. Auch wenn sie ganz tief in ihrem Innern ahnte, dass unausweichlich der

Schmerz auf sie warten musste, nachdem sie sich derart rückhaltlos hingegeben hatte – die Freuden dieser Nacht allein waren diesen Preis wert.
Und das war der letzte Gedanke, den sie sich zugestand.
Mit einem schicksalsergebenen Seufzen, das jeden Buddhisten stolz gemacht hätte, gab sie sich dem Moment und nur dem Moment hin.
Während er sie küsste, berührte seine Brust die ihre und sandte warme Wellen aus, die jede Faser ihres Körpers erreichten. Sein Bauch, der sich an ihren drängte, verstärkte diese Wärme noch, und als sie seine Erektion zwischen ihren Beinen spürte, wurde aus der Wärme schnell Hitze.
Hitze, die so heiß war, dass Lise das Gefühl hatte, dahinzuschmelzen. Sie nahm wahr, wie sie sich ganz selbstverständlich im Rhythmus mit ihm bewegte – so als wäre es ein Tanz, dessen Schritte sie intuitiv beherrschte.
Sie bemerkte, dass sie auf dem Rücken lag und ihre Beine um ihn geschlungen hatte, während er sich auf ihr bewegte, sie reizte, sie öffnete. Nie zuvor hatte sie sich so frei und locker und so empfänglich gefühlt.
Bedächtig griff er an ihr vorbei nach der kleinen Segeltuchtasche mit Reißverschluss, die sie schon

vorher auf dem Nachttischchen bemerkt hatte. Er öffnete sie und holte ein Kondom heraus. Während er sie weiter küsste, streifte er es sich ohne großes Aufheben und mit so lässiger Anmut über, dass seine Bewegungen Teil seines Vorspiels zu sein schienen. Und das Wissen, dass er kurz davor war, mit ihr zu schlafen, steigerte ihr Verlangen nur noch mehr.

Schließlich drang er ganz sacht in sie. Es fühlte sich so vertraut an, dass sie einen Augenblick lang Panik verspürte und unwillkürlich zurückgezuckt wäre, wenn er ihr nicht tief und aufrichtig in die Augen geblickt hätte. Sie hatte sich schon zu weit vorgewagt, um jetzt noch einen Rückzieher machen zu können. Und so erwiderte sie seinen Blick, beobachtete, wie seine Pupillen sich weiteten und wusste, dass bei ihr gerade dasselbe geschah.

Er bewegte sich in ihr, tief und immer schneller, und sie passte sich diesem Rhythmus an, bis nicht nur ihre Augen weit geöffnet waren, sondern auch ihr Mund, und sie nach Luft rang. Sie gab sich ihm hin, und ihr ganzer Körper empfing, genoss, kostete den Augenblick aus: ihre Lungen, die die Luft aufnahmen, die sie brauchte, ihr Herz, das heftig schlug, um mit ihrer Aufregung Schritt zu halten, ihre Beine, die sich spreizten, um seine Taille zu

umschlingen, und ihr tiefstes Innerstes, das bereit war, alles von ihm zu empfangen.
Er erfüllte sie, wie sie es noch nie zuvor erlebt hatte, drang tiefer und tiefer in sie, bis sie das Gefühl hatte, dass alles – Herz, Lunge, Augen, Mund, ihr Innerstes – zu explodieren drohte. Und trotzdem hörte er nicht auf, sondern ging noch tiefer, stieß noch härter in sie, bis eine Welle von Explosionen sie durchflutete und auch er mit einem rauhen Aufstöhnen schließlich kam.
Als er sich erschöpft auf sie fallen ließ und sie seinen Schweiß kühl auf ihrem Körper spürte, wusste sie, dass gerade etwas Bedeutsames geschehen war.
Er lag auf ihr, schwer und doch wieder nicht, und sie fuhr mit ihren Fingerspitzen sanft über die Muskeln auf seinem Rücken, die noch immer erhitzt waren und sich bei jedem Atemzug hoben und senkten. Als sie sein Haar berührte, bemerkte sie, dass es feucht war, und als sie seinen Hals küsste, nahm sie seinen Duft wahr, der stärker war als jedes Aphrodisiakum.
Sie spürte ihn in sich. Dieser erstaunliche, umwerfende, sexy Mann, der vom anderen Ende der Welt gekommen war, um sie zu erfreuen, gehörte bis Montag ihr. Lächelnd küsste sie seinen Hals.

»Du grübelst nicht zufällig gerade, oder?«, hörte sie eine dunkle Stimme an ihrem Ohr.
»Nein«, versicherte sie. »Ich bin ganz und gar hier und koste den Augenblick aus.«
»Es ist ein verdammt guter Augenblick.«
Das Lächeln erfasste ihren ganzen Körper. »Ja. Verdammt gut.«

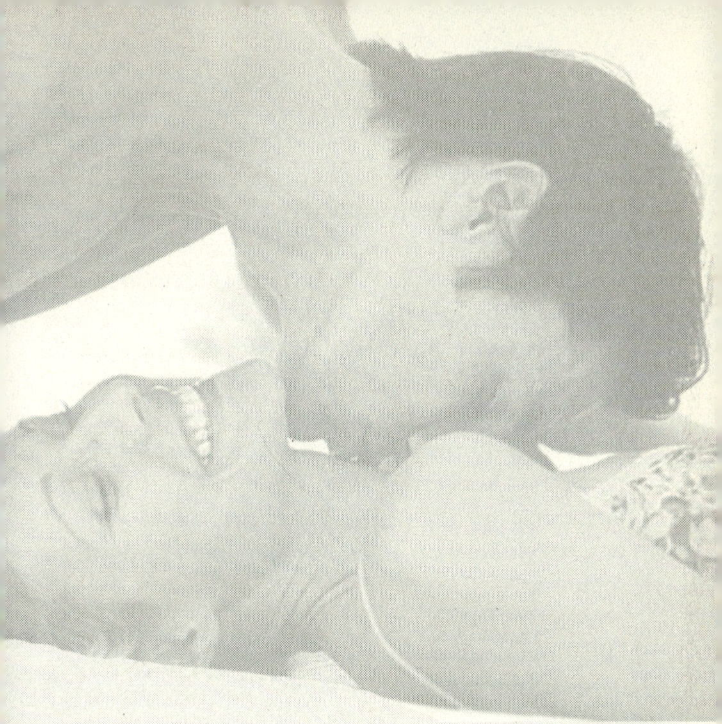

9. Kapitel

»Weißt du«, sagte sie, als sie wieder zu Atem gekommen war und sich gesammelt hatte, »das hat für mich sehr gut funktioniert. Es ist normalerweise nicht so leicht für mich, meinen Verstand auszuschalten und mich meinen Gefühlen hinzugeben, aber du hast mir mit deinem Rat wirklich dabei geholfen.«

Er begann zu lachen. Was als leises Glucksen anfing, steigerte sich immer weiter, bis er sich aufsetzen musste und sich vor Lachen bog.

»Meine Leistung im Bett lässt dich in Gelächter ausbrechen?«, fragte sie scharf. Sie versuchte, ihn von sich zu schieben – was ungefähr so leicht war, als wollte man einen Bus mit einer Hand umschubsen.

»Nein. Hör auf, oder ich fang wieder an.«

Sie wartete missmutig schweigend, bis er sich wieder gefasst hatte.

»Weißt du, woher ich den Ratschlag habe?«, brachte er atemlos hervor.

»Von einer australischen Frau namens Bridget, die nicht nur eine ausgezeichnete Taucherin, sondern auch eine Sexgöttin ist und nebenbei außerdem strippt?«

Noch immer höchst amüsiert schüttelte er den Kopf. »Aus dem blöden Magazin, das ich im

Flugzeug gelesen habe. Ich denke, es war Sextipp Nummer drei. *Bleibe im Hier und Jetzt, lebe den Augenblick*. Es kam mir so vollkommen abwegig vor, dass irgendjemand *nicht* den Augenblick genießen könnte, dass es mir im Gedächtnis geblieben ist.«
Wenigstens hatte er nicht über sie gelacht. Ein bisschen besänftigt entschied sie sich insgeheim, öfter die Artikel in Frauenzeitschriften zu lesen – für gewöhnlich konzentrierte sie sich nur auf die Anzeigen. »Na ja, es ist ein ziemlich guter Tipp«, gab sie zu. Bei ihr hatte es jedenfalls ausgezeichnet geklappt. »Vielleicht sollten wir einen Leserbrief an das Magazin schreiben.«
»Muss sich in deinem Leben eigentlich immer alles um die Medien drehen?«
Sie dachte einen Moment lang darüber nach und warf ihm dann einen Blick zu. »Tja, das ist mein Job. Ich denke ständig darüber nach, wie man etwas in Szene setzen kann.«
Seine Wangen überzog mit einem Mal ein leichtes Rot. »Vielleicht hast *du* kein Problem damit, dein ganzes Leben in so einem blöden Frauenmagazin zu präsentieren und alles zu offenbaren – aber ich mache da nicht mit.«
Sie lachte. »Keine Sorge. Das hier bleibt unser kleines Geheimnis.« Im Übrigen würde er durch die

Werbeanzeigen, die sie bereits für eine nationale Kampagne gebucht hatten, schon genug in der Öffentlichkeit stehen.

Aber das fiel in den Bereich »Arbeit«, und über die Arbeit wollten sie bis Montag nicht sprechen. Sie beugte sich zu ihm und küsste ihn. »Ich denke, ich sollte das noch ein bisschen vertiefen.«

Das sexy Funkeln kehrte in seine Augen zurück. »Was vertiefen?«

»Den Augenblick zu leben.«

»Du erwartest von mir, dass ich dir einen weiteren ›Augenblick‹ verschaffe?«

Hinter sich griff sie nach dem Segeltuchtäschchen, das – wie sie feststellte – recht gut gefüllt war. Lächelnd reichte sie ihm eine der kleinen quadratischen Verpackungen. »Ja«, sagte sie.

Er lachte. »Ich habe gerade dasselbe gedacht.«

Sie lächelte noch immer, als sie am nächsten Morgen erwachte und sich noch einmal alles in Erinnerung rief, was in der vergangenen Nacht geschehen war. Ihr Körper fühlte sich geschmeidig an, satt und echt. Es war vielleicht ein Klischee, aber ihr war vorher nicht bewusst gewesen, dass Sex so sein konnte – so vertraut und zärtlich, und doch so scharf und auch lustig.

Steve war ein Mann, auf den Frauen ihr Leben lang

warteten, ein Mann, von dem sie nicht geglaubt hätte, dass es ihn noch gab, ein Mann, der …

Ihre Fantasien lösten sich abrupt in Luft auf, als ihr plötzlich ein bestimmtes Detail der letzten Nacht wieder einfiel.

»Da ist schon wieder die steile Falte auf deiner Stirn«, erklang neben ihr eine schlaftrunkene Stimme, und sie bemerkte, dass Steve, während sie vor sich hin geträumt hatte, aufgewacht war und sie beobachtete.

Sie betrachtete sein schläfriges, schönes Gesicht und den leichten Bartschatten, der seine Attraktivität noch unterstrich. »Du willst nicht heiraten«, sagte sie und sprach den Gedanken aus, der ihrem albernen Tagtraum ein jähes Ende bereitet hatte.

Er runzelte die Stirn. »Nicht im Augenblick, nein.«

»Hast du nur noch nicht die richtige Frau gefunden?« Es war gelinde gesagt seltsam, diese Unterhaltung zu führen, während sie nackt im Bett lagen und noch die himmlischen Nachwirkungen der Nacht verspürten. Aber sie *musste* es jetzt wissen. Nicht, dass sie ihn heiraten wollte, doch sie hatte das Gefühl, den Mann, der einen Großteil der Nacht in ihr verbracht hatte, besser verstehen zu wollen.

Mit beiden Händen fuhr er sich durch sein von der Sonne geküsstes Haar, das daraufhin liebenswert zerzaust vom Kopf abstand. »Um das zu beantworten, muss ich dir ein bisschen aus meinem Leben erzählen. Bist du sicher, dass du es hören willst?«
»Ja. Das würde ich gern.« Sie spürte, dass es ihm unangenehm war, über sich selbst zu sprechen. Aber das machte sie nur noch begieriger darauf, die Geschichte zu hören.
Er streckte seine Hand aus und begann, träge mit ihren Haarspitzen zu spielen. Lise erkannte, dass er mit seinen Gedanken nicht mehr bei ihr war. Er schien sich in sich selbst zurückgezogen zu haben – und es war offensichtlich, dass ihm nicht gefiel, was er dort fand.
Obwohl sie nicht wusste, was er ihr erzählen würde, schlang sie ihre Arme um ihn.
»Als ich ein Teenager war, wurde meine Mum krank.« Er machte eine kleine Pause. »Krebs.«
»Oh, das tut mir so leid.«
»Ja. Danke. Sie starb.«
Da sie nicht wusste, was sie sagen sollte, biss sie sich auf die Lippen und hörte weiter zu.
»Ich habe jüngere Brüder und Schwestern, um die ich mich nach Mums Tod kümmern musste.«
»Was war mit deinem Vater?«

Seine Augen, die für gewöhnlich so ausdrucksstark waren, wirkten plötzlich leer. »Er konnte nicht damit umgehen. Er ist abgehauen, als Mum durch die Chemotherapie die Haare ausfielen.«
Als sie darüber nachdachte, was der arme Junge schon für Schmerz erlitten hatte, wollte sie weinen. »Wie alt warst du damals?«
»Sechzehn. Ich hatte Glück, gleich eine Lehrstelle als Stahlbauer zu bekommen. Mein Onkel hat mir geholfen, den Job zu bekommen. Er und meine Tante haben uns bei sich aufgenommen, aber am Anfang war es sehr schwer.«
Er hatte die Schule abbrechen müssen, um seine Familie zu unterstützen. Jetzt verstand sie auch, warum ein Philosophiebuch auf dem Couchtisch gelegen hatte. Er las sich wahrscheinlich auf eigene Faust Wissen an.
»Egal … Jedenfalls habe ich es nicht eilig damit, sesshaft zu werden.«
Damit hatte er ihre Frage nicht eindeutig beantwortet. Lise ging im Geiste noch einmal durch, was er ihr gerade erzählt hatte, um die Antwort zu finden. »Du meinst, du willst nicht heiraten, weil du sozusagen schon eine Familie unterstützt und aufgezogen hast und lieber dein eigenes Leben leben möchtest?«

Unbehaglich zuckte er die Achseln. »Ich denke schon.«
Sie hatte ihn nicht in ungewöhnlich intimen Momenten in ihre Gedankenwelt eintauchen lassen, damit er nun mit solchen Ausflüchten davonkam. Offensichtlich war es nicht die Angst vor familiären Verpflichtungen, die ihn davon abhielt, eine feste Bindung einzugehen. Aber was war es dann? Er wich ihrem Blick aus und starrte in die Ferne, als fühlte er sich wegen irgendetwas ... schuldig.
Schuldig. Mit einem Mal wurde ihr alles klar.
»Es liegt an deinem Vater, habe ich recht?«
»Was liegt an ihm?« Seine Worte klangen angriffslustig.
Bingo. »Du hast Angst, dass du wie er sein könntest, stimmt's?«
»Du weißt nicht ...«
»Du hast Angst, dass du eine Frau im Stich lassen könntest, wenn sie dich am meisten braucht. Dass du tief in dir ein fehlerhaftes Gen hast, das ...«
»Also gut.« Die Schärfe seiner Worte ließ sie zusammenzucken. Er schlug die Decke zurück, erhob sich aus dem Bett und lief auf die Tür zu, die aus dem Schlafzimmer führte. »Da hast du deine Antwort«, rief er ihr dabei über die Schulter zu. »Ich will niemals heiraten, damit sich nicht heraus-

stellt, dass ich vielleicht genau so ein Scheißkerl bin wie mein Alter.«

»Aber du hast doch schon bewiesen, dass du nicht so bist wie er.« Er war stehen geblieben. Mit hängenden Schultern stand er in der Tür und blickte in das angrenzende Zimmer, und sie wusste, dass er mit dem Gedanken spielte, einfach zu gehen. Nackt oder nicht – sie sprang aus dem Bett und schlang von hinten ihre Arme um ihn, schmiegte sich an ihn und umarmte so viel von ihm, wie sie konnte. Sanft küsste sie ihn zwischen die Schulterblätter. »Du bist ein toller Mann.«

»Verlier dich bloß nicht in irgendwelchen verträumten Illusionen über mich«, entgegnete er schroff.

Zu spät, dachte sie, behielt es aber für sich. »Okay. Werde ich nicht. Und jetzt komm wieder ins Bett.«

Er wandte sich um, und sie nahm die Trostlosigkeit wahr, die noch immer in seinen Augen stand. Dennoch gab er sich ernsthaft Mühe, zurück zu seiner unbeschwerten, guten Laune zu finden. »Bist du jetzt fertig mit deinen ewigen Grübeleien?«

Sie nickte. »Total fertig.«

Rückwärts schob er sie zum Bett, wobei er sie heiß und leidenschaftlich küsste. Als sie seine spontane

Erektion spürte, stellte sie zufrieden fest, dass offensichtlich auch seine Lust wiedererwacht war – ebenfalls heiß und leidenschaftlich.
Doch als sie sich wieder ins Bett legten, hatte sich etwas verändert: Ein tieferes Gefühl hatte sie erfasst. Als er sie liebte, spürte sie seine Verzweiflung. Und sie gab ihm alles, was sie zu geben imstande war.
Inklusive ihres Herzens.

»Also«, begann sie, als sie später zufrieden und erschöpft im Bett lagen, und sie mit ihrem Zeigefinger Muster auf seine Brust malte. »Hast du eigentlich einen Agenten?«
Sein Brustkorb hob und senkte sich, als ihn eine Mischung aus Lach- und Hustenanfall schüttelte. »Was sollte ich denn wohl mit einem Agenten?«
»Ein Agent vertritt deine Interessen, damit du eine anständige Bezahlung erhältst.«
»Hast du gesehen, wie viel ich bei diesem Job verdiene? Das ist mehr, als ich in einem ganzen Jahr zu Hause verdienen kann – selbst wenn ich ständig Überstunden machen würde.«
»Ja. Ich habe deinen Vertrag gesehen. Und Jen ist fair. Sie würde dich niemals über den Tisch ziehen. Deine Bezahlung ist also durchaus angemessen.

Aber du solltest trotzdem jemanden haben, der deine Interessen vertritt.«

Gedankenverloren kratzte er sich an der Brust, wo sie zuvor sacht an seinem Haar gezogen hatte. Offenbar hatte sie ihn gekitzelt. Tja, was für ein Jammer – ihr gefiel es.

»Ich muss einen Agenten doch bezahlen, oder?«

»Ja, sicher. Er ist prozentual an deinen Einnahmen beteiligt.«

»Also würde ich einem kalifornischen Haifisch eine Menge Geld in den Rachen werfen, nur damit er mir erzählt, dass ich gut verdiene? Nein danke. Wenn er Geld will, soll der Agent gefälligst selbst in der Badehose herumstolzieren und in irgendwelche Kameras zwinkern.«

Er war so süß, dass sie ihn einfach küssen musste. Natürlich blieb es nicht bei diesem einen Kuss. Schon bald war Küssen nicht mehr genug, und nachdem sie das Frühstück bereits versäumt hatten, riskierten sie, auch noch das Mittagessen zu verpassen.

»Lass uns etwas beim Zimmerservice bestellen«, schlug sie vor.

»Das kostet furchtbar viel«, erwiderte er.

»Ich weiß.« Sie lächelte ihn verführerisch an. »Aber wir essen im Bett …«

»Das ist ein Wort.«

Zwar saßen sie kurz darauf noch immer nackt mit dicken Kissen im Rücken im Bett und frühstückten, aber dennoch hatte Lise das Thema von vorhin noch nicht zu den Akten gelegt – immerhin ging es um Steves Interessen.

»Angenommen, deine Werbespots und Anzeigen in Magazinen finden breite Resonanz, und *Cranes* Erfolg in den Staaten ist vor allem dir als Sprecher zu verdanken.«

Er grinste. »Ja, lass uns das mal annehmen.«

»Dann würden wir dich vermutlich für weitere Kampagnen engagieren wollen. Tatsächlich würden wir dir einen Exklusivvertrag anbieten. Das bedeutet, dass du für niemand anders arbeiten dürftest.«

»Danke, ich weiß, was ›exklusiv‹ bedeutet.«

Okay. Ein heikler Punkt. Interessant.

»Richtig. Manchmal neige ich dazu, ein bisschen … pedantisch zu sein.« Einen Moment lang schwieg sie, doch er schien keine Einwände gegen »pedantisch« zu haben. Also fuhr sie fort: »Wenn *Crane* ein solches Arrangement will … und ich will damit nicht sagen, dass es so sein *muss*, aber es *könnte* so kommen …« – vor allem, wenn bei seinem heißen Anblick jeder Fernsehschirm so beschlug wie das

Objektiv der Videokamera, als er ihr zugezwinkert hatte –, »… was würdest du dann tun?«
»Ich würde nach Hause fahren. Ich bleibe nicht für immer hier. Zu Hause habe ich meinen richtigen Job, den ich auch wiederaufnehmen werde. In ungefähr einem Monat oder so geht es dann wieder los.«
Sie reagierte entgeistert auf die Vorstellung, dass er eine wirklich angenehme Tätigkeit wie diesen Job aufgeben wollte, um Stahl zu hämmern – oder was auch immer er tat –, bis er erneut entlassen würde.
»Das ist nicht dein Ernst.«
Er zuckte die Achseln. »Das hier ist kein echter Job. Es ist mehr wie ein Urlaub. Viel Geld, Reisen, Übernachtungen in einem schicken Hotel«, er warf ihr einen Blick zu, »und Zeit mit einem sexy kalifornischen Mädchen verbringen.«
Seine Worte versetzten ihr einen Stich, doch sie unterdrückte den kleinen Schmerz. Natürlich wollte er nach Hause zurückkehren. Wem wollte sie etwas vormachen? Irgendwie war ihr in diesem Märchen ein geschicktes Täuschungsmanöver gelungen, und sie, die hässliche Stiefschwester, hatte ihren übergroßen Trampelfuß in einen eleganten Slipper gequetscht. Aber es war klar, dass das nicht lange gutgehen würde.

Hübsche Märchenprinzen mochten zwar mit Stiefschwestern füßeln, aber am Ende heirateten sie doch Cinderella.
Eine bis jetzt noch unbekannte australische Cinderella würde ihr Leben mit Steve Jackson verbringen, und *sie* würde nicht viel mehr als eine Erinnerung sein. Ein Schuh, der nie wirklich gepasst hatte.
Na ja – aber zumindest passt dieser Schuh *jetzt* perfekt, mahnte sie sich. Und wenn es auch nur dieser Augenblick war – er hatte sie »sexy« genannt.
»Steve«, sagte sie und bemühte sich, ihrer Stimme einen ruhigen und geschäftsmäßigen Ton zu verleihen, obwohl ihr eigentlich danach zumute war, sich an seine breite Brust zu werfen und ihn anzuflehen, sie zu lieben, »hast du eine ungefähre Ahnung von der Höhe der Gage, über die wir hier reden? Wenn du das neue, frische Gesicht in der Branche wirst und ein Produkt wirkungsvoll repräsentieren kannst, werden jede Menge Firmen an dich herantreten und mit dir zusammenarbeiten wollen. Du solltest einen Agenten haben, damit deine Interessen geschützt werden.«
»Ich bin sicher, dass alles, was du sagst, Hand und Fuß hat, und ich weiß zu schätzen, was du für mich tun möchtest, aber ich bin kein neues, frisches Gesicht. Ich bin ein Kerl, der Brücken baut.«

»Okay«, entgegnete sie sanft. »Gib mir den Räucherlachs und den Frischkäse.«
Sie kannte ein paar namhafte Agenten, die gut zu Steve passen würden. So schnell würde sie nicht aufgeben. Um seinetwillen.

10. Kapitel

Ich kann das nicht«, sagte Steve zu Lise und schlug genervt die Hände des Kerls weg, der seinen Bizeps soeben mit Babyöl einreiben wollte.

Sie schmunzelte, als ob sie das alles für einen Scherz hielt: Steve in seinen kurzen Shorts, die so grellbunt waren, dass man eine Sonnenbrille brauchte, um sie anzusehen, und Bruce, der ihn überall anfasste.

Gegen das, was er jetzt über sich ergehen lassen musste, war für Steve der Tag, an dem ihm ein Gerüstteil auf den Kopf gefallen, sein Schutzhelm zerbrochen war und er eine Gehirnerschütterung davongetragen hatte, geradezu schön gewesen. Wenigstens hatte er damals seine Hose anlassen und sich am Ende des Tages noch immer als ganzer Kerl fühlen können. Gut, vielleicht hatte er kurzzeitig seinen eigenen Namen nicht mehr gewusst, aber als der Kopfschmerz schließlich nachgelassen hatte, war auch sein Verstand zurückgekehrt.

Zwei Wochen lang hatte er brechreizerregende Skripts für Radiowerbespots gelesen und fürs TV geübt – und der einzige Grund, warum er nicht alles hingeschmissen hatte und nach Hause geflüchtet war, war der, dass Lise am Abend auf ihn wartete. Aber der heutige Tag war mit Abstand der schlimmste.

Heute war er halbnackt, sein Haar war mit irgendeinem Spray eingenebelt worden, und sein Kopf roch genauso wie der seiner kleinen Schwester, wenn sie ausging. Außerdem hatte man ihn mit Babyöl eingerieben, damit es so aussah, als wäre er nass. Und zu allem Überfluss starrte eine Make-up-Stylistin ihn so seltsam eindringlich an, dass er sich mehr als unwohl fühlte.

Sie waren in der Garderobe eines Studios, in dem sie Aufnahmen für Werbeanzeigen in einem Magazin machen wollten. Es hatte sich herausgestellt, dass sie die Bilder nicht einmal in der Nähe von echtem Wasser fotografieren würden. Lise hatte ihm erklärt, dass sie das Meer später in die Bilder hineinretuschieren würden.

Die ganze Sache gefiel ihm überhaupt nicht. Ohne Zweifel hätte er vorgeben können, einen wundervollen Tag voller Sonne zu genießen und Spaß dabei zu haben, auf einem *Crane*-Surfboard zu stehen, wenn er *tatsächlich* im Sonnenschein am Strand gewesen wäre – doch er musste so tun als ob. Das alles war ein gigantischer Schwindel.

Riesige runde Scheinwerfer und silberne Schirme stellten die Sonne dar, aus einer Schubkarre voller Sand, die man von irgendwo herbeigeschafft hatte, baute man einen Strand nach, und Babyöl ersetzte

das Wasser auf der Haut. Ein großer Ventilator sollte, wie er annahm, die Meeresbrise imitieren.
Der Typ mit dem Babyöl sah ungefähr so verärgert aus, wie Steve sich fühlte. »Sehen Sie«, jammerte er und fuchtelte mit seinen ölverschmierten Händen in der Luft herum. »Ich muss wirklich ...«
»Könnten wir einen Moment unter vier Augen reden?«, fragte Lise auf ihre ruhige Art, als würde so etwas jeden Tag passieren. Vielleicht passierte es ihr sogar jeden Tag.
»Das Shooting beginnt in fünfzehn Minuten«, erwiderte der Babyölboy. »Du weißt ja, wie Sebastian werden kann, wenn es um den Ablauf geht.« Damit verschwand er.
»Sebastian?« Steve war sich sicher, dass er niemals jemandem trauen würde, der Sebastian hieß.
»Der Fotograf«, erklärte Lise.
»Großartig. Warum haben sie nicht wenigstens ein hübsches Mädchen genommen, das die Fotos schießt? Ich soll also in Shorts vor einem Typen herumtänzeln, der *Sebastian* heißt?«
Eine Weile blickte Lise ihn an, als würde sie über etwas nachdenken. Wie sie ihn aus dem Vertrag entlassen und mit dem nächsten Flieger zurück nach Sydney schicken konnte, hoffte er.
An diesem Tag war sie die toughe Geschäftsfrau,

trug einen Rock, der für seinen Geschmack ein bisschen zu lang war, und eine weiße Bluse, die sehr an ein strenges Herrenoberhemd erinnerte. Sie warf einen Blick auf die Uhr und machte einen Schritt auf ihn zu. »Dieses Shooting ist wahnsinnig wichtig, Steve. Es ist unbedingt notwendig, dass du mitarbeitest.«

»Ich weiß. Aber es ist verdammt schwierig, wenn ich die ganze Zeit über nur so tun muss als ob.«

Sie machte noch einen Schritt auf ihn zu und lächelte. Es war nicht das wundervolle offene Lächeln, das sie ihm schenkte, wenn sie beide allein waren, sondern das geschäftsmäßige »Alles-wird-gut-wenn-du-tust-was-ich-sage«-Lächeln, das er nicht so sehr mochte. »Ich möchte nicht, dass du dir Gedanken über den Fotografen oder die Stylisten machst.«

»Und was ist mit diesen verfluchten Shorts?«

Ihre Lippen zuckten verdächtig, doch sie schüttelte würdevoll den Kopf. »Mach dir auch keine Gedanken über die Shorts. Wir haben über das alles hier gesprochen, und wir haben geübt«, erinnerte sie ihn. Gut, sie hatten vor allem in seinem Hotel oder ihrem Apartment geübt, wo sie eher nackt als angezogen gewesen war und die Übungssession immer mit Sex geendet hatte. »Du musst dir vorstellen, dass du eine Welle erwischst und dass das Gefühl total beglückend ist. Der Wind weht dir durchs Haar, du bist auf dem Gipfel der Welle und bereit, sie bis zum Ende zu reiten. So, wie wir es geprobt haben.«

Sie nahm die Flasche mit dem Babyöl und gab etwas von dem Öl auf ihre Hand. Als sie ihm damit die Schultern einrieb, fing er an, sich ein wenig zu entspannen – aber nur ein wenig. »Als wir es geübt haben, habe ich aber nicht wie ein Kleinkind gerochen«, brummte er.

»Vergiss es. Konzentriere dich auf die Surf-Szene, die ich gerade beschrieben habe. Du warst umwerfend, als wir allein geprobt haben.«

Er trat von einem Bein aufs andere. »Als wir beide geprobt haben, dachte ich, ehrlich gesagt, nicht ans Surfen«, entgegnete er.

»Nicht?« Sie hielt mitten in der Bewegung inne, so dass er nur ihre Finger spürte – vier feine kleine Berührungen auf seiner Schulter. »Aber du hast total konzentriert gewirkt. Ich hatte beinahe das Gefühl, bei dem Ritt, den du beschrieben hast, dabei zu sein.«

»Ich sprach nicht davon, eine Welle zu reiten«, erklärte er mürrisch. »Ich habe davon geredet, dich zu reiten.«

Hinter seinem Rücken stieß sie einen winzigen Laut aus, und es schien, als hätte sie sich ihm noch weiter genähert. »Mich zu reiten?«

»Das stimmt. Ich dachte daran, dich zu reiten, den Gipfel der Welle zu erreichen und sie bis zum Ende, bis zum Strand zu reiten. Ich kann das hier schaffen, wenn ich dich halbnackt vor mir sehe und weiß, dass es damit enden wird, dass wir übereinander herfallen.« Er zuckte die Achseln. »Ich bezweifle einfach, dass es genauso gut klappt, wenn ich einen Typen ansehe, der Sebastian heißt.«

Er spürte, dass seine Worte sie erreichten, und trotz seiner Unzufriedenheit erschauerte er, als sie mit ihren Fingern weiter das Öl auf seinen Schultern verteilte.

»Also gut. Was auch immer hilft …«

»Dich nackt zu sehen hilft.«

»Okay. Wenn du dieses Babyöl riechst«, sagte sie sanft, »denk nicht an Babys. Denk daran, wie es sich anfühlt, wenn ich dich von oben bis unten damit einreibe.« Ihre Bewegungen veränderten sich. Sinnlich streichelte sie ihm über die Schultern. »Wenn du hier fertig bist, werden wir direkt in dein Hotel fahren, dieses Fläschchen mitnehmen, und ich werde es auf deinem gesamten Körper verstreichen.«

Er war erleichtert, dass die Surfshorts so lässig geschnitten waren, denn er spürte, wie seine Lust wuchs. Und mit einem Mal war er wieder so konzentriert, wie sie es sich nur wünschen konnte. Aber er wollte nicht, dass sie ihn für einen Schwächling hielt, der sich zu leicht um den Finger wickeln ließ. »Das reicht nicht«, entgegnete er und wandte sich zu ihr um.

Sie machte große Augen, als er sie nun von oben bis unten musterte – sie war geschniegelt und gebügelt, bis auf die ölverschmierten Hände. »Ich muss die Möglichkeit haben, dich zu sehen, damit ich mich konzentrieren kann.«

»Also gut.« Sie nickte langsam. »Ich werde das ganze Shooting über hinter dem Fotografen stehen, damit du mich sehen kannst.«

»Das reicht mir noch immer nicht«, erwiderte er. Ihm gefiel die Art, wie ihre Augen plötzlich zu leuchten begannen. Ihre Brüste schienen ebenfalls Haltung anzunehmen – doch wer konnte schon mit Gewissheit sagen, was unter dieser lächerlichen Bluse passierte.

Er starrte auf ihren Busen und lächelte. Niemand wusste, was sich unter dieser Bluse verbarg. Niemand – außer ihm. »Ich brauche etwas mehr Motivation.«

Da seine Hände ganz frei von Öl waren, verschmierte er auch den Stoff der weißen Bluse nicht, als er nun eilig die Knöpfe aufmachte.
Mit ihren öligen Fingern konnte Lise hingegen nichts tun, ohne sich selbst zu beschmutzen. Also fuchtelte sie nur hilflos mit den Armen vor seinem Gesicht herum und rief: »Was machst du da?«, »Hör auf!« oder »Steeve!« Mit wachsender Unruhe beobachtete sie ihn, bis er jeden Knopf geöffnet hatte und die Bluse offen herabhing.
Statt der aufreizenden Unterwäsche, die sie abends trug, hatte sie nun einen vernünftigen weißen BH aus Baumwolle an, der vermutlich die Brust unterstützte und bestimmt sehr bequem war – denn sexy war er nicht. Nun, in seinen Augen schon, aber er bezweifelte, dass sie es darauf abgesehen hatte.
Er schlang seine Arme um sie und löste den Verschluss ihres BHs.
In ihren Augen stand Panik. »Was tust du da?«
»Halte deine Arme ganz ruhig, damit du kein Öl auf deine Bluse bekommst«, befahl er ihr. Von Sekunde zu Sekunde machte ihm das Spielchen mehr Spaß.
»Wenn du glaubst, dass ich nackt da rausgehe, bist du vollkommen übergeschnappt«, flüsterte sie

entsetzt und wurde rot. Hektisch blickte sie immer wieder über ihre Schulter.

»Keine Sorge. Du bekommst deine Bluse natürlich zurück«, erwiderte er. Er wollte nur den BH behalten. Da er schon angefangen hatte, ihr die Bluse über Schultern und Arme zu streifen, blieb ihr nichts anderes übrig, als stillzuhalten. Er passte auf, dass der Stoff nicht an ihre öligen Finger geriet. Schließlich hielt er die Bluse in der Hand, und sie stand in ihrem geöffneten weißen BH, dem Rock ihres Businesskostüms, mit nackten Beinen und flachen marineblauen Sandalen vor ihm.

Er zog ihr den BH über die Arme, während sie nach Luft rang und wieder einen ängstlichen Blick über die Schulter in Richtung Tür warf. »Beeil dich. Das gefällt mir nicht«, murmelte sie. Ihre karamellbraunen Nippel sprachen jedoch eine andere Sprache. Sie waren aufgerichtet, und ihr bloßer Anblick machte ihn sicherer und sicherer.

Kurz beugte er sich vor, um schnell beide Brustspitzen zu küssen und sie zwischen seine Lippen zu nehmen. Lise stöhnte leise auf und erschauerte. Dann steckte Steve den BH erst einmal in das Bündchen seiner Shorts und hielt Lise höflich die Bluse entgegen, damit sie wieder hineinschlüpfen konnte.

»Was ist mit meinem BH?«, fragte sie und rührte sich nicht.
»Mir gefällt die Vorstellung, dass deine Brüste unter dieser Bluse nackt sind und schon voller Sehnsucht auf mich warten.«
»Oh«, entgegnete sie betont sachlich – doch er konnte hören, dass auch ihr diese Idee gefiel.
Nachdem er Lise die Bluse übergestreift hatte, machte er die Knöpfe wieder zu. Langsam arbeitete er sich dabei vom untersten Knopf bis nach oben vor, damit er ihre Brüste so lange wie möglich betrachten konnte.
Immer wieder blickte Lise sich unterdessen nervös um und mahnte ihn, sich zu beeilen.
Plötzlich klopfte es an der Tür, und sie zuckte zusammen. »Fünf Minuten noch«, rief der pampige Babyölboy ihnen durch die geschlossene Tür hindurch zu.
»Wir sind gleich so weit«, erwiderte Lise laut und deutlich und wisperte Steve zu: »Was machst du da?«
»Dein Höschen.«
»Nein!«
Aber seine Hände waren schon unter ihrem Rock, und er griff nach dem Bündchen des Slips. Durch den dünnen Stoff des Schlüpfers hindurch konnte

er spüren, wie heiß sie war. Er lachte, als sie rot wurde. »Das hilft mir alles, mich zu konzentrieren.«
Sie bemühte sich offenbar, streng zu schauen, aber das Lächeln, das eigentlich auf ihrem Gesicht erstrahlen wollte, entging ihm nicht. Er schob seine Daumen ins Bündchen und zog den Schlüpfer herunter. Geduldig wartete er, bis sie hinausgestiegen war. Wie er vermutet hatte, passte das Höschen zu ihrem BH. Vernünftig, weiß und aus Baumwolle.
Er nahm den BH und das Höschen und ging zu seinem Rucksack, den er in einer Ecke der Garderobe abgestellt hatte. Seine Trophäen stopfte er in die Seitentasche und zog den Reißverschluss zu.
»Also gut. Ich hoffe, du bist zufrieden. Jetzt lass uns gehen.«
»Warte, du hast beim Einölen noch eine Stelle vergessen«, sagte er, nahm die Flasche mit dem Babyöl und gab sich ein bisschen davon auf die Spitze seines Fingers.
»Wo denn?« Mit gerunzelter Stirn betrachtete sie ihn und zuckte zusammen, als er unvermittelt mit einer Hand ihren Rock anhob und mit der anderen unter den Stoff glitt. Bevor sie wusste, wie ihr geschah, hatte er seine Hand bereits zwischen ihre Schenkel geschoben.
Mittlerweile kannte er ihren Körper so gut, dass er

ihre Lustperle zielsicher fand. Behutsam benetzte er ihre Haut mit dem Öl, und während sie nach Luft rang, begann er, sie sacht zu streicheln. Ihre Atmung verriet, dass sie kurz davorstand, sich zu verlieren. Er machte weiter, bis er spürte, wie sie feucht wurde, und merkte, wie ihre Lust wuchs.

»Genau da«, sagte er und gab acht, dass er mit seinem eingeölten Körper nicht ihre Kleider berührte, als er sich vorbeugte, um sie zu küssen. »Wenn das hier vorbei ist«, murmelte er nah an ihren Lippen, »werden wir uns mit diesem Öl abwechseln.«

»Das ist lächerlich«, keuchte sie, als er seine Hand unter ihrem Rock hervorzog. »Ich kann so nicht ins Studio gehen. Ich fühle mich …«

»Halbnackt, eingeölt, scharf? Genau wie ich. Sei bloß froh, dass von dir niemand Fotos macht.«

Es gefiel ihr vielleicht nicht, aber sie tat genau das, was er jetzt brauchte.

Als sie zu den anderen nach vorn ins Studio gingen, lernten sie Sebastian kennen. Es stellte sich heraus, dass er ein Deutscher mittleren Alters war, der so geschäftsmäßig und so sachlich daherkam, dass Steve sich bestens aufgehoben fühlte.

Doch es war nicht Sebastian, dem Steve während des nun folgenden Shootings seine Aufmerksamkeit schenkte, sondern Lise, die ein Stück rechts hinter dem Fotografen stand. Wann immer der Fotograf seine Position veränderte oder der Stylistin Anweisungen gab, Steve zum Beispiel das Haar hinters Ohr zu schieben oder Ähnliches, nutzte der die Gelegenheit, um Lise zu beobachten. Sie straffte die Schultern, so dass er einen Blick auf ihre Brustspitzen erhaschen konnte, die sich verführerisch gegen den Stoff ihrer Bluse pressten. Oder sie verlagerte ihr Gewicht von einem Bein auf das andere, so dass er wusste, dass in diesem Moment ihre nackten Schenkel aneinanderrieben, und er sich an die Stelle sehnte, die er eingeölt hatte.

»Beug dich vor, leg dich in die Welle«, forderte Sebastian ihn auf.

Steve stellte seinen Fuß auf dem Surfboard ein wenig nach vorn, blickte nach unten und sah, wie es in den Sand gedrückt wurde, der später am Computer durch Wellen ersetzt werden würde. Schlagartig wurde ihm bewusst, wie absurd diese ganze Situation war, und er sah hilflos zu Lise.

Sie erwiderte seinen Blick, fuhr sich mit der Zungenspitze über die Lippen und sagte: »Beug dich noch ein bisschen tiefer. So ungefähr.« Als sie es ihm vormachte, leicht in die Knie ging und sich nach vorn lehnte, betrachtete er, wie sich der Stoff ihrer Bluse über ihren Brüsten spannte. Er stellte

sich vor, wie ein kühler Luftzug zwischen ihre Beine wehte und ihre Blöße berührte, und mit einem Mal hatte er keine andere Wahl mehr – er musste sich hinunterbeugen, wenn er sich nicht verraten wollte. Um Lise besser erkennen zu können, blinzelte er in die Scheinwerfer, die die Sonne darstellten, und sein einziger Gedanke war, wie er sie nach dem Shooting nehmen würde.
Während sie sich anblickten, spürte er, wie seine Aufregung wuchs. Im Augenblick wünschte er sich nichts mehr, als um sie herumzugehen, ihren Rock anzuheben und von hinten in sie einzudringen. Irgendwie musste sie seine Gedanken erraten haben, denn sie schloss für einen winzigen Moment die Augen und öffnete ganz leicht die Lippen.
Er hörte den Blendenverschluss der Kamera unaufhörlich klicken. »Gut. Exzellent«, sagte Sebastian. Und plötzlich war es vorbei.
Steve nahm sich nicht einmal mehr die Zeit, um allen noch einen schönen Tag zu wünschen, sondern ergriff ihre Hand und zog Lise mit sich in die Garderobe.
»Wir haben noch einen anderen Termin«, rief Lise dem Team über die Schulter hinweg zu.
»Ja. Ja. Geht nur. Ich werde dich anrufen, wenn die Kontaktabzüge fertig sind«, erwiderte Sebastian.

Steve machte sich auch nicht die Mühe, in der Garderobe aus den lächerlichen Shorts zu schlüpfen und sich umzuziehen – er hatte es einfach zu eilig. Und Lise versuchte nicht, sich ihre Unterwäsche zurückzuholen. Stattdessen schnappten die beiden sich ihre Sachen, rannten zum Auto, und Lise – die wohl vorsichtigste Fahrerin, die er kannte – war so ungeduldig, dass sie das Tempolimit sogar um ein oder zwei Meilen überschritt.

Sie ließen den Wagen beim Hotel von einem Bediensteten parken und liefen zum Lift. Steve wünschte sich nichts sehnlicher, als seine Hand unter ihren Rock zu schieben und den eingeölten Punkt zu suchen und zu berühren. Doch als die Lifttüren sich gerade schließen wollten, drängelte sich noch ein Geschäftsmann mit in die enge Kabine. Er nickte ihnen steif zu und starrte dann stumm auf die Anzeige.

Steve starrte Lise an.

Sie erwiderte seinen Blick, und ihre Pupillen waren weit und dunkel, voller Geheimnisse. Und er wollte diese Geheimnisse ergründen.

Der Lift hielt an, und Steve zuckte zusammen, als er feststellte, dass es seine Etage war. Sie beherrschten sich und verließen den Lift gemessenen Schrittes. Aber sobald die Aufzugtüren sich wieder ge-

schlossen hatten, rannten sie den Rest des Weges bis zu seinem Zimmer.
Als sie endlich allein waren, schafften sie es nicht mehr bis ins Schlafzimmer der Suite.
Mit der Anmut eines brünstigen Bullen drehte er Lise um, so dass sie ihm den Rücken zuwandte, schob sie gegen das Sofa, beugte sie vor und hob ihren Rock.
Sie keuchte auf. Unwillkürlich spreizte sie die Beine, und als er sie berührte, rang sie nach Luft. Sie war heiß und feucht, und er wusste, dass sie sich genauso sehr nach Erlösung sehnte wie er.
»Nimm mich, nimm mich jetzt«, stöhnte sie, und er dachte bei sich, dass er wohl nie schönere Worte gehört hatte.
Er schlüpfte aus seinen lächerlichen Shorts, streifte in Windeseile ein Kondom über und drang dann mit einem rauhen zufriedenen Aufstöhnen in sie ein.
Der Laut, den sie ausstieß, als er so tief es ging in ihr war, sie erfüllte und seine Hüften gegen ihren Po presste, war irgendetwas zwischen einem Schluchzen und einem freudigen Aufschrei.
Er wusste genau, wie sie sich fühlte. Sein Körper war bereit und vor Erregung und Glück wie elektrisiert – doch tief in seinem Innersten verspürte

er den Wunsch zu weinen. Er war eigentlich nicht der Typ, der einfach anfing zu heulen, also war es gelinde gesagt ein seltsamer Impuls. Aber während er sich in ihr bewegte, spürte er irgendwie ein emotionales Band zwischen ihnen.

Vornübergebeugt stand sie vor ihm, ihr Oberkörper lag auf der Rückenlehne der Couch, und ihre Bluse war durch ihre wilden Bewegungen aus dem Bund ihres Rockes gerutscht. Ihr Haar war zerzaust, und abwechselnd klammerte sie sich mit den Händen an das Polster und ließ wieder los, während sie den Rhythmus mitging, den er vorgab.

Dadurch, dass ihre langen Haare nach vorn gefallen waren, gaben sie den Blick frei auf ihren Hals. Steve fiel auf, wie blass und seidig ihre Haut gegen das dunkle Haar wirkte.

Und der Anblick dieser Haut erfüllte ihn mit einer ungeahnten Zärtlichkeit – auch wenn sein animalisches Verlangen ihn währenddessen dazu trieb, tief in sie zu stoßen.

Ihre Hüften erwiderten seine Bewegungen, ihr Mund war leicht geöffnet, und sie keuchte. Er spürte, wie sie sich eng um ihn schloss. Wie im Rausch schlang er einen Arm um sie, griff ihr unter dem Rock zwischen die Beine und fand sofort ihren geheimsten Punkt, heiß und feucht. In dem

Augenblick, als er sie berührte, begann sie zu erschauern, und er verstärkte ihr Lustgefühl durch sein Streicheln noch.

Er war auch nur ein Mensch. Während er auf dem Shooting in Position gebracht, zurechtgebogen, fotografiert, dann in eine neue, genauso lächerliche Pose gezwungen und wieder fotografiert worden war, hatte er von diesem Moment geträumt. Und hier war sie nun, presste sich voller Lust und Leidenschaft an ihn, wand sich, ließ ihn ihr Verlangen spüren, keuchte und stöhnte auf, und die süße, so verletzliche Haut an ihrem Nacken leuchtete ihm entgegen.

Er fühlte, wie die Welle sich irgendwo unter seinen Füßen aufbaute, fühlte, wie sie ihn mitnahm, während er darum kämpfte, den Gipfel zu erreichen und zu halten und Lise mitzunehmen. Die Welle brach zwischen ihnen und warf sie dann ins tosende Meer, bevor sie sie sanft an den Strand spülte.

Wer daran zweifelte, dass Surfen und Sex eng miteinander verknüpft waren, konnte nur verrückt sein.

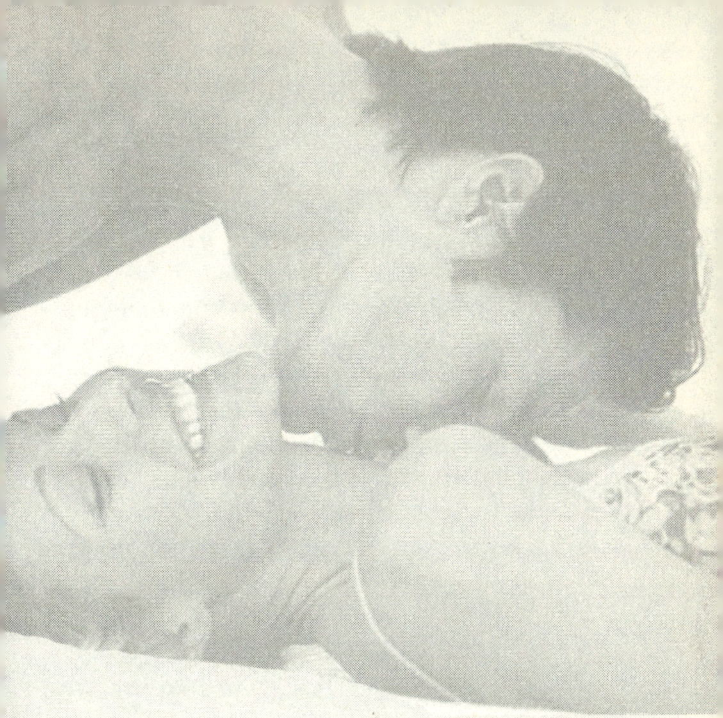

11. Kapitel

»Was hättest du getan, wenn du die Schule nicht mit sechzehn hättest verlassen müssen?«, fragte Lise Steve. Sie lagen mittlerweile im Bett. Aus dem Wohnzimmer waren sie direkt unter die Dusche geschlüpft, wo sie so viel Zeit unter dem laufenden Wasser verbracht hatten, dass sie sich nun sauberer, satter und zufriedener fühlte als jemals zuvor in ihrem Leben.

Guter Sex machte sie immer sehr gesprächig. Und auch wenn Steve nach dem Sex zugegebenermaßen nicht gerade eine Plaudertasche war, so fiel er doch zumindest nicht in weniger als zehn Sekunden in die Tiefschlafphase wie ihr letzter Freund. Sein Brustkorb hob und senkte sich regelmäßig, und unter ihrer Hand konnte sie seinen Herzschlag spüren, während er über ihre Frage nachdachte.

»Ich wollte auf die Universität gehen«, sagte er schließlich. »Ich war an Ingenieurwissenschaften interessiert.«

»Das kannst du doch immer noch machen. Du bist noch jung genug.«

»Weiß nicht. Ich habe mir doch schon ein Leben aufgebaut.« Er deutete mit einer Geste auf die Suite. »Es ist anders als das hier. Das hier war ein bisschen Spaß.« Er rollte auf die Seite, bis er schließlich auf ihr lag, und blickte ihr in die Augen. Sie hatte

ihn noch nie so ernst erlebt. »Aber es fühlt sich nicht mehr nur wie ein bisschen Spaß an, oder?«
Unfähig, etwas zu sagen, weil sie einen Kloß im Hals hatte, schüttelte sie den Kopf.
Er küsste sie zärtlich. »Komm mit mir nach Hause.«
»Wie bitte?«
»Wenn ich nach Hause fahre, komm mit mir.«
Ihr Herz machte einen Satz und pochte schmerzvoll in ihrer Brust. »Was sagst du da?«
Sein Blick richtete sich auf einen unbestimmten Punkt auf dem Kissen. »Du hast dir längst mal Urlaub verdient. Du arbeitest hart genug. Nimm dir ein paar Tage frei und komm mit mir nach Australien. Ich werde dir etwas von meinem Land zeigen. Und richtig mit dir surfen gehen. Ich habe noch ein paar Wochen frei, bevor ich wieder an die Arbeit muss.«
»Und dann?«, fragte sie, und ihre Stimme klang so hohl und leer, wie sie sich fühlte.
Er zuckte die Schultern, aber sie konnte an seinem Blick und an seiner gerunzelten Stirn erkennen, dass er mindestens genauso verwirrt war wie sie.
Obwohl es ihr nicht leichtfiel, versuchte sie zu lächeln. »Oder du könntest hierbleiben.«
Sie merkte, dass er drauf und dran war, abzuleh-

nen, also sprach sie hastig weiter – auch auf die Gefahr hin, dass sie sich komplett lächerlich machte. »Hier gibt es wundervolle Universitäten, und du könntest dir deinen Zeitplan so einteilen, dass du trotzdem noch für *Crane* arbeiten kannst.«

Lises Instinkt war ausgesprochen gut, und sie hatte beim Fotoshooting wie schon zuvor beim Dreh der Werbespots gesehen, dass sie mit Steve einen Volltreffer gelandet hatten. Wenn es ihm gelang, sich zu konzentrieren, schaffte er es, eine Mischung aus wilder Männlichkeit und wunderbarer Sinnlichkeit zu projizieren. Er war einer der wenigen Männer, der sowohl die männlichen als auch die weiblichen Käufer ansprach.

Sicherlich, Jennifer Talbot hatte ihn entdeckt, aber Lise wusste, dass *sie* ihn auf den Job vorbereitet und ihn geformt hatte. Mittlerweile kannte sie ihn gut genug, um ihm durch die unvermeidlichen Unsicherheiten zu helfen, die entstanden, wenn aus einem Stahlbauer der Sprecher einer Firma wurde.

Sie konnte ihm auch dabei helfen, seine Träume zu verwirklichen. Mit ihrer Liebe und ihrer Unterstützung konnte er alles schaffen.

Als sie akzeptiert hatte, dass sie ihn liebte, dass sie sich viel schneller in ihn verliebt hatte, als gut für sie war, hatte sie auch akzeptiert, dass sie ihn vielleicht verlieren würde. Er hatte eine Familie, einen ganz anderen Beruf und führte ein vollkommen anderes Leben am anderen Ende der Welt.

Wenn er sie gebeten hätte, länger zu bleiben als nur für ein paar Wochen, wäre sie ihm gefolgt. Sie hätte ihren Job und ihr Leben in Kalifornien aufgegeben, um die Frau eines Stahlbauers in Australien zu werden. Sie wusste, dass sie es getan hätte.

Es gab nur ein Problem dabei …

Er hatte sie nicht gefragt.

Seine Phobie vor Eheringen schien sich nicht ein kleines bisschen gebessert zu haben, seit sie zum ersten Mal mit ihm geschlafen hatte.

Sie lächelte schief. »Ich glaube nicht, dass ein Urlaub in Australien im Augenblick das Richtige für mich wäre«, sagte sie. »Diese Kampagne ist ziemlich wichtig für meine Karriere.« Und wenn das das Einzige war, was ihr noch blieb – verdammt noch mal –, dann würde sie eben Karriere machen. Und zwar eine steile.

»Wenn wir nächste Woche mit all dem Unsinn fertig sind, der in meinem Vertrag steht, werde ich nach Hause fliegen«, sagte er leise und fuhr mit seiner Hand über ihre Wange, als wollte er sich einprägen, wie sie sich anfühlte.

Unfähig, etwas zu erwidern, nickte sie nur stumm. Wie hatte sie es so weit kommen lassen können? Sie war eine vernünftige Frau, die ihr Leben normalerweise im Griff hatte. Wie, zum Teufel, hatte sie innerhalb weniger Wochen diesem Mann komplett verfallen können? Warum konnte sie nicht ein bisschen wie Sonia sein und die Männer wechseln wie ein Kleid? Warum musste sie ihr Herz an einen Mann verlieren, den sie nicht haben konnte?

»Es tut mir leid«, murmelte er und zog sie ganz fest an sich.

»Mir auch«, flüsterte sie an seiner Brust.

Der Rest der Woche war seltsam verschwommen. Tagsüber, wenn sie arbeiteten, war alles nicht so schlimm, aber abends konnte Lise es kaum ertragen. Sie waren jeden Augenblick zusammen und liebten sich wie zwei Menschen, die bald für immer getrennt sein würden.

Die Woche verging so schnell wie alle anderen Wochen auch. Nur Lise kam es so vor, als wenn die Zeit davongerast wäre – als hätte jemand einen Teppich unter ihren Füßen weggezogen.

Sein Flug war gebucht. Sie hatte das Ticket gesehen. Alles, wofür sie ihn in Kalifornien gebraucht hatten, war erledigt. Am Rest konnte in Sydney gefeilt werden. Sicherlich würden nach dem Start der Werbekampagne seine Dienste noch einmal erforderlich werden – doch längst würde er dann wieder irgendwo, Tausende von Kilometern von ihr entfernt, auf einer Brücke schwitzen, sein Haar von der Sonne gebleicht, die gebräunte Haut glänzend. Und sie wäre nichts weiter als eine Erinnerung.

»Ich kann dich morgen nicht zum Flughafen bringen«, sagte sie in der letzten Nacht, die sie zusammen verbrachten. Sie hatte sich schon genug blamiert, als sie ihn vom Flughafen abgeholt hatte. Wenn sie zum Abschied auch noch heulen und sich an seine Beine klammern würde, um ihn davon abzuhalten, sie zu verlassen, würde sie sich selbst an Peinlichkeit nur noch übertreffen. Nein, wenn sie ein Fünkchen Stolz bewahren wollte, musste sie sich schon vorher von ihm verabschieden.

Er nickte und sah so traurig und verloren aus, dass sie weinen wollte.

»Ich wünschte, du könntest mit mir kommen«, sagte er.

Langsam schüttelte sie den Kopf. »Ich kann nicht, ich …«

»Ich weiß, dass du im Moment viel zu tun hast. Aber später, wenn die Kampagne beendet ist, könntest du dann nicht …«

»Nein, Steve, das könnte ich nicht.«
»Ich liebe dich«, flüsterte er und brach ihr damit beinahe das Herz.
»Ich weiß. Ich liebe dich auch. Aber ich glaube, ich bin tief in meinem Innern ein altmodisches Mädchen. Ich will dich ganz. Für immer.« Ihre Stimme klang heiser und brüchig.
»Ich wollte dir nie weh tun.«
»Das weiß ich doch. Du konntest nichts dafür.«
Und so liebte er sie ein letztes Mal, und sie liebte ihn, und als sie am nächsten Morgen erwachte, war er fort.

Lise fuhr zur Arbeit, entschlossen, ihr Leben wiederaufzunehmen, auch wenn sie das Gefühl hatte, dass ein Teil von ihr fehlte.
Und tatsächlich: Innerhalb weniger Stunden, nachdem sie ins Büro zurückgekommen war, fühlte sie sich fast wie früher – ihr Kopf schmerzte, und ihr Magen brannte.
»Ich dachte, das hättest du dir endlich abgewöhnt«, sagte Sonia, die gerade hereinkam, als Lise ein paar Schmerztabletten mit einem Schluck von ihrem säurebindenden Saft hinunterspülte.
Sie schraubte den weißen Plastikverschluss wieder auf das Fläschchen und stellte es zurück an seinen

angestammten Platz in der obersten Schreibtischschublade. »Nein. Ich habe nur ein kleines Päuschen eingelegt.« Sie seufzte schwer. »Aber dieses Päuschen ist endgültig vorbei.« Sie zog das Layout für eine Anzeige hervor, das ihr Magenbrennen und Kopfschmerzen verursacht hatte. Musste es von allen Jobs, die sie machen konnte, denn ausgerechnet die Werbekampagne sein, bei der sie es andauernd mit Steve zu tun hatte?
Mit diesem wundervollen, starken, anständigen Gesicht, das sie so oft geküsst hatte? Mit diesen hinreißenden grünen Augen, die ihr zugezwinkert hatten und mit denen er sie am Ende so traurig angesehen hatte? Mit dem Körper, der ihr ungeahnte Freuden bereitet hatte?
Diesen Mann hatte sie von Kopf bis Fuß geliebt.
Wie sollte sie über ihn hinwegkommen, wenn sie nun wochenlang mit seinem Bild und seiner Stimme arbeiten musste?
Sie biss die Zähne zusammen und machte weiter. Denn sie wusste, dass *Crane* einer der wichtigsten Klienten war, für den sie je gearbeitet hatte, und dass es die beste Arbeit werden würde, die sie je abgeliefert hatte.
Ein paar Stunden vergingen, und sie zwang sich, nicht daran zu denken, dass sein Flieger wahr-

scheinlich schon abgehoben hatte. Er war auf dem Weg zurück nach Hause, zu seinem Stahl, seiner Familie und all den Frauen, die sie bald vergessen machen würden.

Jemand klopfte an die geöffnete Tür. Lise blickte auf und sah Anton aus der Grafikabteilung in der Tür stehen.

»Ich habe hier die Vorabversion der Werbeanzeige für *Crane*«, sagte er. Anton war ihr bester Mitarbeiter – zielstrebig, konzentriert und von seinen gestylten Haaren bis hin zu seinen Schuhen absolut hip.

»Komm rein«, sagte sie, zwang sich zu einem Lächeln und heuchelte Begeisterung. Bis sie einen Blick auf die Vorabversion warf und ihre geheuchelte Begeisterung echtem Entzücken wich.

»Oh, Anton, das ist fabelhaft!«, hauchte sie.

Da war er. Steve, ihr Steve, balancierte auf einem *Crane*-Surfboard, sein herrlicher Körper war leicht nach vorn in den Wind gebeugt, mit seinen Augen schien er ihr zuzublinzeln, wirkte hochkonzentriert. Anton hatte ihn in eine Welle retuschiert, wie sie sie noch nie gesehen hatte. Alles wirkte echt, überzeugend. Aber Lise kannte die Wahrheit. Der Mann auf dem Surfbrett hatte an sie gedacht, nicht an das Meer oder an die Welle.

Ein kleines Lächeln umspielte ihre Mundwinkel, als sie an das Nachspiel dieses Fotoshootings denken musste.
Plötzlich klingelte das Telefon auf ihrem Schreibtisch. Und weil sie in Gedanken versunken war, in Erinnerungen schwelgte und schlicht vergessen hatte, dass sie gerade in einem Meeting mit Anton steckte, nahm sie den Hörer ab.
»Lise«, sagte er. Nur dieses eine Wort.
»Steve?« Ihr Herz pochte wild.
Hastig rechnete sie aus, dass er sich inzwischen auf dem Weg nach Hawaii befinden musste. Rief er sie aus dem Flugzeug an?
»Ich brauche jemanden, der mich vom Flughafen abholt. Und ich habe mich gefragt, ob du Zeit hättest.«
Die Gedanken wirbelten in ihrem Kopf durcheinander. *Flughafen?* »Welcher Flughafen?«
»San Francisco«, erwiderte er mit dem Hauch eines Lachens.
»Was ist passiert? Ist dein Flug gestrichen worden? Hat er Verspätung?«
»Nein. Der Flieger ist rechtzeitig gestartet. Aber ohne mich.«
Sie schluckte.
Mit einem unwilligen Murren nahm Anton ihr

den Vorabdruck aus den Händen, bevor sie ihn mit ihren klammen Fingern noch ruinierte.

»Ich komme dann später noch einmal wieder«, sagte er, ging hinaus und schloss die Bürotür hinter sich.

»Warum warst du nicht an Bord?«

»Tja, ich weiß es nicht genau. Ich glaube, ich brauche ein wenig Zeit, um das herauszufinden.«

»An … an wie viel Zeit hast du dabei gedacht?«

»So lange, wie es eben dauert.«

Für immer. Mit einer solchen Frage kann man sich sein ganzes Leben lang beschäftigen, schoss es Lise durch den Kopf. In der Zeit konnte so vieles geschehen. Es gab *Crane*, die Schauspielerei, wenn Steve dazu Lust hatte, die Universität, falls er immer noch davon träumte, Ingenieur zu werden. Sie könnten Zeit in den Staaten und Zeit in Australien verbringen. Wenn sie einander nur genug liebten, war alles möglich.

»Bist du noch am Apparat?«

»Ja. Entschuldige. Du hast mich ein bisschen überrascht.«

Warum konnte sie nur einen ihrer Schuhe finden? Sie hatte sie kurz zuvor ausgezogen, und nun ertasteten ihre suchenden Zehen unter ihrem Schreibtisch nur einen.

»Also, kommst du zum Flughafen und holst mich ab?«
»Ja, falls ich irgendwann meinen zweiten Schuh wiederfinden sollte.«
Er lachte leise. »Leih dir doch Sonias High Heels. Und vielleicht borgt sie dir auch ihr Kleid, wenn du schon einmal dabei bist.«
»Ich kann nicht glauben, dass du …«
Aber er unterbrach sie lachend: »Ich liebe dich.«
Was gab es noch mehr zu sagen?

Ich will deine Nippel lecken, bis du …«
Kindra zuckte in ihrem Drehstuhl zusammen, als eine tiefe Stimme hinter ihrem Rücken erklang.
Bitte, lass es nicht denjenigen sein, von dem ich annehme, dass er es ist, dachte sie.
Zögerlich wandte sie sich um. Er war es. »Oh, mein Gott. Mack!«
Hastig schob sie die Computermaus auf dem Schreibtisch hin und her und versuchte verzweifelt, die E-Mail zu schließen, die auf ihrem Bildschirm zu sehen war. Die schmutzige E-Mail von ihrem Online-Partner Russ. Die schmutzige E-Mail, die gerade von ihrem Kollegen und Schwarm im wahren Leben, Mack Stone, gelesen wurde.
Gott, wo war nur das verfluchte Minimierungssymbol?
»… bis du wie eine Rakete kommst, heiß und feucht …« Macks amüsierte Stimme verstummte allmählich. »Was ist das?«, fragte er schließlich.
»Eine Spam-Mail«, gelang es ihr herauszubringen. Sie spürte, wie ihr unter ihrer weißen Bluse und dem schwarzen Blazer der Schweiß ausbrach. »Solche unerwünschten Werbe-Mails bekomme ich andauernd.«

Kindra schloss das Fenster, als Macks Finger den Monitor berührte.
»Warum steht dann dein Name darauf?«
»Ich glaube nicht, dass da mein Name stand«, log sie ohne schlechtes Gewissen. Unter keinen Umständen würde sie vor Mack »Ich-habe-jede-Woche-eine-andere-Freundin« Stone zugeben, dass sie eine virtuelle Affäre hatte.
»Doch, da stand dein Name«, beharrte er.
Über die Schulter hinweg warf sie ihm einen ärgerlichen Blick zu und drehte sich langsam zu ihm um. Angesichts seiner absoluten Vollkommenheit presste sie unwillkürlich die Kiefer aufeinander. Warum? Warum war sie täglich acht Stunden dazu verdammt, diesen Inbegriff der Männlichkeit vor Augen zu haben? Von seinem kurzen schwarzen Haar, über das starke Kinn, zu seiner breiten Brust und den trainierten Muskeln, die sich unter seinen modischen, von einem Männermagazin inspirierten Klamotten abzeichneten, und tiefer, bis hinunter zu … na, untenherum eben, war er einfach perfekt. Und unerreichbar für sie. Er spielte in einer anderen Liga.
Sie funkelte ihn an, wollte in diesem Moment nichts weiter, als dass er von ihrem Schreibtischsessel zurücktrat und den verstörend erregenden Duft seines Aftershaves gleich mitnahm.

Ein Lächeln breitete sich auf seinem Gesicht aus und gab den Blick frei auf seine makellos weißen Zähne. »Karies« war vermutlich ein Fremdwort für ihn. »Kindra Hill, hast du etwa Cyber-Sex? Das hätte ich echt nicht für möglich gehalten.«

Ihr erster Impuls war, aufzuspringen, ihn zur Seite zu stoßen, den Flur entlang bis zur Damentoilette zu rennen und sich dort zu verstecken, bis er das Gebäude verlassen hatte. Aber das hatte schon in der neunten Klasse nicht funktioniert, als Tommy Slade ihr vor aller Augen im Geometrieunterricht die Hose heruntergezogen hatte – und sie fürchtete beinahe, dass es auch jetzt nicht die beste Lösung war.

Ihr blieben also zwei Möglichkeiten. Leugnen. Oder es einfach frech zugeben.

Da sie das sprichwörtliche Mauerblümchen war, hatte sie noch nie in ihrem Leben irgendetwas tapfer und entschlossen herausposaunt. Es war an der Zeit, es auszuprobieren.

Sie holte tief Luft, nahm ihren ganzen Mut zusammen und sagte: »Und wenn es so wäre?«

Okay, was eigentlich verführerisch hatte klingen sollen, kam eher so rüber, als wollte sie sich rechtfertigen oder müsste sich verteidigen. Sie hatte sich, ehrlich gesagt, angehört wie eine verbitterte, verlassene, geschiedene Frau, die jede Woche

mindestens eine Batterie für ihren Vibrator verschliss.
Er riss seine eisblauen Augen auf. »Dann, würde ich sagen, steckt mehr in dir, als man auf den ersten Blick vermuten sollte.«
Offenbar neugierig geworden, schüttelte er den Kopf. »Aber ich frage mich, warum man online darüber chatten sollte, wenn man es doch live und am eigenen Leib erleben könnte?«
Tja, wenn sie es mit ihm tun könnte, vielleicht. Aber bei der Auswahl ihrer Männer hatte Kindra bisher noch nie ein besonders geschicktes Händchen bewiesen. Nach ein paar Fehlgriffen, die von »aufregend wie Valium« bis »erschreckend grenzwertig, fast schon grauenhaft« gereicht hatten, hatte sie sich dazu entschieden, sich lieber jeden Abend vor dem einladend bläulichen Schimmern ihres Computerbildschirms einzukuscheln.
»Es ist einfacher so … sicherer, sauberer«, murmelte sie. Dann straffte sie die Schultern und drehte sich wieder zu ihrem Computer um. Sie stand kurz davor, vor Scham in Ohnmacht zu fallen. Hatte sie das etwa wirklich laut gesagt?
Sie hatte. Mack beugte sich über sie. Sein heißer Atem kitzelte an ihrem Ohr. Sein Schlips fiel nach vorn, berührte ihr Haar und sandte ihr einen kleinen Schauer über den Rücken.

»Aber auf die altmodische Art und Weise macht es doch so viel mehr Spaß.«

»Manchmal. Und manchmal ist es schwierig und kompliziert und einfach mies.« Sie zuckte die Achseln und hoffte, dass es welterfahren und lässig wirkte – so, als hätte sie schon jede Menge Männer ausprobiert und sie alle für unzulänglich befunden. Doch statt die beabsichtigte Wirkung zu erzielen, rammte sie ihm aus Versehen ihre Schulter gegen das Kinn.

Er ächzte auf. »Da liegst du falsch, denke ich«, brummte er.

»Mir egal.« Sie rollte mit ihrem Schreibtischstuhl ein Stück nach vorn – weg von ihm. *Versteh doch den Wink mit dem Zaunpfahl, bitte. Geh einfach. Und nimm deinen heißen, aufregenden Körper mit.*

»Ich kann es dir beweisen.«

Sie erstarrte. Er wollte damit nicht ernsthaft sagen … Nein. Mack Stone hatte ihr bisher nicht einmal freiwillig die Uhrzeit verraten.

Aber wenn er tatsächlich *das* meinte, würde sie sein Angebot dann eigentlich in Anspruch nehmen? Ihr Kopf sagte: *Natürlich nicht, du naives und gieriges Luder.* Dagegen hatten die Innenseiten ihrer Oberschenkel schon eine ganz andere Antwort parat – eine, die ihr Höschen in einen Miniofen verwandelte.

Na ja, er meinte es sowieso nicht ernst.
»Ich meine es ernst«, sagte er.
Hilfe.
Kindra öffnete den Mund und war sich sehr wohl bewusst, dass ihr Verstand sich mittlerweile verabschiedet und ihr Unterleib nun komplett die Kontrolle übernommen hatte.
»Von was für einem Beweis redest du?«
Sie widerstand dem dringenden Bedürfnis, die Hand vor den Mund zu schlagen.
Zu spät. Jetzt hatte sie es tatsächlich bereits gesagt.
Er musste glauben, dass sie ernsthaft interessiert war.
Was selbstverständlich stimmte.
Aber sie sollte *ihn* das nicht wissen lassen.
Mack stand noch immer über sie gebeugt. »Ich denke, dass du weißt, von welcher Art Beweis ich rede«, sagte er leise, und in seiner Stimme schwang ein Hauch Belustigung mit.
Also, sie dachte, dass er davon redete, Sex mit ihr zu haben. Doch wenn sie das laut aussprach und damit falschlag, würde sie auf der Stelle ihren Job hier kündigen und nach Europa auswandern müssen.
Kindra räusperte sich. »Wenn du es mir vielleicht erläutern könntest?«

Mack ergriff die Rückenlehne ihres Schreibtischstuhls und drehte Kindra langsam zu sich herum. Da es unter Umständen ein wenig unhöflich gewirkt hätte, nach der Tischplatte zu greifen und sich verzweifelt daran festzukrallen, entschloss sie sich dazu, die Beine übereinanderzuschlagen und ihre gefalteten Hände in den Schoß zu legen.
Das war die perfekte Haltung für eine Frau, die behauptete, an Live-Sex nicht interessiert zu sein.
Nur, dass es Mack gelungen war, sich breitbeinig vor ihren Stuhl zu stellen und seine Hose oder genauer: sein Schritt jetzt … auf Augenhöhe war.
Fasziniert nahm sie seinen Anblick in sich auf.
Kindra fuhr sich mit der Zunge über die trockenen Lippen. Mack war offensichtlich erregt.
O Mann.
Sie zwang sich, ihren Blick nach oben zu wenden.
Er sah nicht länger belustigt aus. Seine Beine und die anderen Teile seines Körpers wichen ein Stück zurück, und mit ihnen verschwand auch sein männlicher Duft aus ihrer Nähe, aus ihrem persönlichen Raum, in den er eingedrungen war.
»Wenn ich dir beweisen möchte, dass richtiger Sex mit einem realen Partner besser ist als Cyber-Sex, fällt mir nur eine einzige Art und Weise ein, wie ich das anstellen könnte.«
Das war's. Jetzt kam es. »Oh?«, piepste sie.

Mack nickte und schob die Hände in die Hosentaschen. »Ja, genau, Kindra. Es sieht so aus, als würde ich mit dir schlafen müssen.«

Wow. Wenn das ein Traum war, wollte sie auf keinen Fall aufwachen.

Mack bemerkte Kindras geschockte Miene und musste sich mühsam zusammenreißen, um nicht zu lächeln. Denn hinter diesem schockierten Ausdruck, in ihren faszinierenden grünen Augen stand ... echtes Interesse.

Er hatte es geschafft, ihr Interesse zu wecken.

In Kindras Büro zu kommen, um ein paar Software-CDs zu borgen, die er auf seinem Computer installieren wollte, hatte sich als eine viel bessere Idee herausgestellt, als er es sich je erträumt hätte. Es war der reinste Glückstreffer gewesen, genau in dem Moment ihr Büro zu betreten, als sie gerade wie gebannt vor ihrem Computermonitor gesessen, sich auf die Unterlippe gebissen und hochkonzentriert eine schmutzige E-Mail gelesen hatte. Eine nicht besonders originelle E-Mail, wie er fand.

Er hatte gut die Hälfte der Mail gelesen, bevor er sich bemerkbar gemacht und die Nachricht laut vorgetragen hatte. Eigentlich hätte er von Kindra erwartet, rot zu werden. Aber sie war nicht errötet, wenn sie auch eindeutig durcheinander gewesen war.

Kindra Hill war unergründlich. Ein Rätsel. Seit er vor einem Jahr den Job bei *Ohio MicroDesign,* einem Grafikdesign-Unternehmen, angenommen hatte, versuchte er, hinter Kindras Geheimnis zu kommen. Nach außen hin gab sie sich schüchtern und ruhig. Doch er hatte sie beobachtet – in heimlichen Momenten, in denen sie nicht damit gerechnet und es nicht bemerkt hatte.
Statt tatsächlich so zurückhaltend zu sein, wie sie sich offiziell präsentierte, rollte Kindra oft mit den Augen und schnaubte verächtlich – natürlich möglichst unauffällig und nur, wenn sie meinte, dass niemand sie beachtete. Mit vor der Brust verschränkten Armen fläzte sie sich gern in ihrem Schreibtischsessel, wenn sie sich allein glaubte. Und wenn er schnell genug war, konnte er sogar manchmal sehen, wie in ihren grünen Augen die Funken sprühten.
Aber sie versteckte diese Seite an sich. Und er wollte den Grund dafür erfahren.
Kindra schloss den Mund und öffnete ihn dann erneut. Sie kniff ganz leicht die Augen zusammen. »Warum solltest du das tun wollen?«
»Machst du Scherze?« Jetzt war er derjenige, der geschockt war. Hatte sie sich kürzlich mal im Spiegel angeschaut? »Welcher Kerl würde es nicht wollen?«

Einen Moment lang schien sie darüber nachzudenken und nickte dann. »Das stimmt vermutlich. Kerle sind so.«
Sie stemmte die Füße auf den Boden und schob sich auf ihrem Stuhl ein paar Zentimeter weiter weg von ihm.
»Aber nur, damit du Bescheid weißt: Wenn du wirklich beweisen willst, was du dir vorgenommen hast, tja … dann liegt echt ein hartes Stück Arbeit vor dir.«
Verdammt. Kaum hatte sie es ausgesprochen, meldete sich schon ein heftiges Pochen in seiner Lendengegend. Irgendwie glaubte er, dass ihm die Kraftanstrengung nichts ausmachen würde. Schließlich wollte er sich für all die spontanen Erektionen revanchieren, die er in den letzten zwölf Monaten dank Kindra hatte verbergen müssen. Er stellte seinen Fuß hinter eine Rolle ihres Schreibtischstuhls und blockierte ihn dadurch.
Mit den Händen packte er die Armlehnen des Sessels, beugte sich vor und flüsterte ganz nah an ihrem Ohr: »Ich denke, ich nehme die Herausforderung an.«
Sie erschauerte und lehnte sich zurück, als müsste sie eine gewisse Distanz wahren. Ihre Augen waren halb geschlossen, und Mack ermahnte sich, ein bisschen zurückhaltender zu sein. Nur keine Eile.

Kindra wollte es. Doch er musste sichergehen, dass sie ihre Meinung nicht mehr änderte.
Dass er ein geradezu enttäuschendes Jahr hinter sich hatte, war noch lange keine Entschuldigung dafür, allen Charme und alle Raffinesse über Bord zu werfen und in einem Anfall von Leidenschaft über sie herzufallen.
Wenn er nicht vorsichtig vorging, würde er alles vermasseln und diese einmalige Gelegenheit verpassen. Und das wollte er nun wirklich nicht. Vielmehr wollte er nämlich herausfinden, was Kindra unter den fantasielosen Kostümen verbarg, die sie immer trug. Er wollte die Spange lösen, mit der sie ihr Haar streng zurückgebunden hielt, und wollte sehen, ob es tatsächlich die kastanienbraunen Highlights hatte, wie er annahm.
Er wollte sie.
Langsam ging er zu ihrem Schreibtisch herüber und lehnte sich dagegen. »Also, was meinst du? Soll ich dir beweisen, dass du falschliegst? Oder bist du mit dem, was du jetzt bekommst, vollauf zufrieden?«
Gespannt hielt er den Atem an.
»Tja …« Sie spielte mit der Haarspange auf ihrem Kopf. Dabei hob sich ihr Blazer ein wenig und ließ ihre Kurven erahnen.
»Also, was schwebt dir denn da so vor?«

Ja! In seiner Fantasie rammte Mack einen Football in die Endzone – Touchdown! »Heute Abend. Dinner. Anschließend zu dir.«
Sie würde sich in ihrem eigenen Apartment bestimmt sicherer fühlen, hatte er sich überlegt. Behaglicher. Und ihm war es egal, wo er war – Hauptsache, er war nackt und mit Kindra zusammen.
Aber sie schüttelte den Kopf. »Ich bin schon verabredet. Heute ist Freitag. Ich spiele in einem Bowlingverein, und freitags trainieren wir immer.«
Kindra bowlte? Das überstieg eindeutig sein Vorstellungsvermögen. Vielleicht, weil er sie nie in etwas anderem als blauen oder schwarzen Businesskostümen und High Heels gesehen hatte.
Bowling war für ihn kein Sport. Man stand einfach nur da und warf mit einer Kugel nach Plastikpins. Golf war da schon etwas anderes. Das war ein richtiges Spiel.
»Kannst du das Training heute nicht mal ausfallen lassen?« Verdammt, er klang übereifrig und viel zu erwartungsvoll. Vielleicht sollte er seine Ungeduld ein wenig zügeln.
»Nein. Mein Team verliert meine Punkte, wenn ich nicht auftauche. Das kann ich nicht machen.«
Gut. Es war schließlich nicht so, als bräuchte er es unglaublich dringend oder so. Kein Grund zu übermäßiger Eile. Er war nicht verzweifelt. In letz-

ter Zeit hatte er jede Menge Sex gehabt. Also, ziemlich viel. Na ja, ehrlich gesagt … nicht wirklich. Und vor allen Dingen nicht mit Kindra.
»Dann morgen Abend?«
Bedächtig fuhr sie sich mit der Zunge über die Lippen …

Wird Mack Kindra wirklich verführen können?
Wenn Sie neugierig geworden sind –
die Antworten finden Sie in:

Der Mann, der's kann

von Erin McCarthy

Knaur Taschenbuch Verlag

Für meine Kinder

Nadine und Stephan

Inhalt